BLOG NI

DILYNWCH Y
GARAFÁN GLOFF

CARAFANIO DROS GYMRU

MYRDDIN AP DAFYDD

GWASG CARREG GWALCH

Argraffiad cyntaf: 2018
ⓗ testun: Myrddin ap Dafydd 2018
ⓗ darluniau: Charli Britton 2018

Rhif Llyfr Safonol Rhyngwladol:
978-1-84527-493-1

Cyhoeddwyd gyda chymorth Cyngor Llyfrau Cymru
Dylunio: Eleri Owen
Darluniau: Charli Britton
Lluniau: Byrddau Croeso'r gwledydd

Cyhoeddwyd gan Wasg Carreg Gwalch,
12 Iard yr Orsaf, Llanrwst, Dyffryn Conwy, Cymru LL26 0EH.
Ffôn: 01492 642031
e-bost: llyfrau@carreg-gwalch.cymru
lle ar y we: www.carreg-gwalch.cymru

CYNNWYS

Croeso i ti! Mae'r llyfr yma'n wahoddiad i ymuno â thaith arbennig. Taith o deithiau ydi hi. Maen nhw'n mynd i'r de ac i'r gogledd. Maen nhw'n mynd i sawl cornel o Ewrop.

Y cymeriad pwysicaf ar y daith ydi'r Garafán Gloff. Dim ond tair coes sydd ganddi. Roedd un wedi dechrau mynd yn stiff pan roeson ni hi i'w chadw fis Hydref diwethaf. Roedd hi'n sownd pan geision ni ei chodi hi fis Mai eleni. Mae'n stori hir, ond mae rhaw a charreg fawr a morthwyl lwmp a llawer o chwythu bygythion yn rhan o'r hanes. Y diwedd fu i'r droed honno dorri. Felly bellach mae jac car a phedwar bloc o bren yn goes glec yn lle'r un a dorrodd.

Ond dim ots, meddai Dad. Nid cerdded mae carafán ond powlio ar olwynion. Mae carafán deircoes yn medru teithio i bob man. (Aros yn llonydd ydi'r broblem.)

Gruff a Gwen ydan ni – efeilliaid 11 oed wrth i'r blogiau yma gael eu hel at ei gilydd. Ni sydd yng nghefn y car sy'n tynnu'r Garafán Gloff. Mam a Dad sy'n y tu blaen. Mae gennym ni Nain a Taid yn Llanberis a Mam-gu a Thad-cu yn Nantgaredig. Ac wrth gwrs mae gennym ni lawer o fêts sydd eisiau gwybod be 'dan ni'n ei wneud a lle 'dan ni wedi bod.

Erbyn hyn, rwyt tithau yn un o'r mêts rheiny!

Ffwrdd â ni!

Nifer o ddilynwyr: 16

Gruff a Gwen
Mae 16 yn dilyn y Garafán Gloff yn barod!   A Ti!

| | | | | | | | | | | | | |
| Mam | Dad | Mam-gu | Tad-cu | Nain | Taid | Angel | Bîns | Catrin | Draig | Gwcw | Gwil | Nerys | Tracs |

Do, cyrhaeddodd y Garafán Gloff y Steddfod – dim problem. Mae'r ddwy olwyn o dan y garafán yn troi'n berffaith. Ond roedd angen y pedwar ohonom i ddal y blociau yn eu lle i jacio'r hen goes glec dani.

Daeth Morus y Gwynt i'r Steddfod nos Fawrth – mae'n hoffi ymweld â hi o leiaf unwaith yn ystod yr wythnos, yn tydi? Pan wnaethon ni godi'r adlen nos Wener, roedden ni'n meddwl ein bod ni wedi gwneud gwaith rhagorol. Roedd Dad wedi rhoi tapiau gludog coch, gwyn a gwyrdd ar y gwahanol bolion fel ein bod ni'n gwybod pa rai oedd yn mynd gyda'i gilydd. Daeth plant o'r Bala o'r garafán dros y ffordd i'n helpu. "Dow, polion Mistar Urdd 'di'r rhein, wa!" meddai un ohonyn nhw wrth weld y tapiau.

Ta waeth, roedd yr adlen ar ei thraed o fewn dim. Mae Dad wedi tynnu ei llun a'i e-bostio at ei fêts. Ond fel y dywedson ni, cododd y gwynt nos Fawrth ac yn waeth na hynny – newid cyfeiriad. Doedd rhywun ddim wedi sipio drws yr adlen i'r gwaelod ac mae'n rhaid ei bod hi wedi llenwi fel balŵn gan godi rhes o'r pegiau. Fe glywodd Mam y polion yn dawnsio ac yn clecian ac yna clec fawr pan ddaeth rhai oddi wrth ei gilydd. "Ydi hynny'n golygu fod yn rhaid i mi godi?" oedd cwestiwn cysglyd Dad. Fe fu allan yn y gwynt a'r glaw am dros awr – roedd Mam yn brysur yn dal y polion yn eu lle y tu mewn i'r adlen a ninnau'n chwyrnu'n braf.

Pawb yn dweud – unwaith eto – mai hon oedd un o'r steddfodau gorau erioed. Y bandiau ar Lwyfan y Maes yn wych, yr hwyl a'r balŵns dŵr yn y maes carafannau yn sbort, a Mam a Dad yn embaras inni wrth ddawnsio yn y tu blaen yn ystod Gìg y Pafiliwn.

Ffeithiau Cymru

Iaith
Cymraeg

Prifddinas
Caerdydd

Poblogaeth
3,063,000

Arwyddair
'Cymru am Byth!'

'Hwyl fawr!'
Da bo chi!
Welwn ni chi wap!
Hwyl fawr
am nawr!

Pnawn arbennig iawn yn y Tŷ Gwerin ar y dydd Iau. Nid dim ond y clocsio gan dri o Gymru oedd yn anhygoel. Nid dim ond sŵn y ffidil, y drwm llaw a'r banjo. Nid dim ond y gwisgoedd lliwgar o Wlad y Basg a Chernyw. Na'r ffaith fod pawb yn y gynulleidfa'n gwirioni, yn curo dwylo a rhai yn dechrau neidio i fyny ac i lawr. Na, roedd yna rywbeth arall hefyd. Doeddan nhw ddim wedi bod ar y llwyfan gyda'i gilydd o'r blaen. Fel dwedodd pibydd barfog o Gernyw, gyda llwyth o liw haul – "Pobl yn dod at ei gilydd a mwynhau – dyna ydi steddfod. Mwy o hyn, os gwelwch yn dda!" Ac mi ddwedodd hynny yn Gymraeg! "Cernyw a Chymru," meddai. "Rydyn ni'n deulu agos – dewch draw i weld eich perthnasau rhywbryd!"

Anodd credu, ond mae'r diwrnod olaf wedi cyrraedd. Ras o stondin i stondin i brynu stwff ar gyfer ein gwyliau yn Ewrop. Llyfrau (wrth gwrs!), crysau-T Cymreig a dreigiau cochion ar gyfer ein beics. Hon oedd y gân wrth inni adael y Maes a chychwyn am y porthladd:

> Dim ots am fflip-fflops budur
> Na'r inc ar gefn pob llaw,
> Bu'n Steddfod anghredadwy, bois,
> Er gwaetha'r mwd a'r baw.
> I'r cwch! I'r cwch!
> Dewch Gymry hen ac ifanc,
> Dewch i'r cwch!

Tair coes i fyny, jac i lawr,

Gruff a Gwen

Nifer o ddilynwyr: 27

Bîns mêt Gruff
Pizzas a cyrris efo'i gilydd. Cŵl!
👍

Nerys mêt Gwen
Gobeithio bod y balŵns dŵr i gyd wedi byrstio. Ddim isio trochfa pan ddewch chi adref!
👎

Mam-gu
Roedden ni'n dilyn y Steddfod bob dydd ar y teledu. Welson ni Gruff ar y maes chwaraeon un diwrnod! Mwynhewch y gwyliau.

Rydan ni wedi gadael Cymru erbyn hyn ac wedi cyrraedd hen dir y Celtiaid yma yng Nghernyw. Mae'n rhyfedd edrych ar enwau lleoedd ar yr arwyddion ffyrdd a gweld 'kastell', 'brynn', 'dinas' a 'pen'. Mae hi'n hollol wir – fel dwedodd y pibydd barfog yn y Steddfod – mae'r Gernyweg yn debyg iawn i'r Gymraeg!

Gan mai dim ond am ddwy noson rydyn ni'n aros yma cyn dal y fferi o Plymouth, does dim diben gwastraffu amser yn codi adlen, meddai Dad. Yn lle hynny, mae'n gwastraffu amser yn eistedd mewn cadair yn yr haul!

Rhyw dair milltir i ffwrdd mae pentref bach a thraeth mawr Polzeath. Am donnau! Cawsom fyrddau nofio'r ewyn bob un a chael tipyn o sbri yn ceisio aros arnyn nhw yn y dŵr gwyllt. Mae'r môr yn agos, dim ots lle rydach chi yng Nghernyw, ac mae porthladd neu draeth ar ddiwedd pob ffordd. Lle da am fôr-ladron a smyglwyr ers talwm, ac mae'n hawdd iawn dychmygu ein bod yn cyrraedd y traeth gyda llond cwch o winoedd o Ffrainc!

Cafodd Gruff ychydig o drafferth bore 'ma. Roeddwn i a Mam a Dad wedi mynd am dro ar hyd llwybr yr arfordir ond roedd Gruff eisiau aros i ddiogi yn y garafán, meddai. Diogi yw'r gair hefyd – yn lle mynd allan a cherdded rhyw bymtheg cam i dai bach y gwersyll, aeth i'r toilet yn y garafán. Pan oedd y tu mewn i'r 'cwpwrdd', daeth dwrn y drws i ffwrdd yn ei law ac roedd yn sownd yno am hanner awr nes i ni ddod yn ôl. Roedd Mam yn dweud ei bod hi'n bwysig bod pob un ohonon ni'n treulio dipyn bach o amser ar ein pennau ein hunain ar y gwyliau yma!

Dyna un peth arall ar restr trwsio Dad. Dydi'r bocs tŵls ddim wedi dod allan o'r trwmbal ers inni fynd i'r Steddfod ond doedd ganddo ddim dewis y tro hwn. Ac wrth iddo orffen taclo un dasg, roeddem i gyd yn ei atgoffa o dasg arall. "Y switsh golau, Dad!" "Y ffenest do, Dad!" "Bleind y ffenest, Dad!" Pwy soniodd am wyliau?

**Ffeithiau Cernyw
(Kernow)**

Iaith
Cernyweg

Prifddinas
Truro

Poblogaeth
556,000

Arwyddair
'Onen hag oll!'
(Un ac oll)

'Hwyl fawr!'
Dha weles!

Cawsom fynd i weld un o gestyll y Brenin Arthur hefyd. Mae hwn fel golygfa o ffilm, yn sefyll ar dagell o dir uwch clogwyni serth a'r môr yn berwi oddi tano. Pwy fyddai'n meddwl bod pobl Cernyw a ninnau'r Cymry yn rhannu'r un arwr, yntê?

Mewn caffi wrth ymyl castell y Brenin Arthur roeddan ni'n chwarae'r gêm yna – "Welwch chi'r dyn yna wrth y bwrdd agosaf at y drws. Debyg i bwy ydi hwnna?" Dyn bach crwn gyda thrwyn hir oedd yn cael ein sylw slei y tro yma. Yr un ffunud ag Eryr, ein hathro astudiaethau crefyddol ni yn yr ysgol! Roeddan ni'n hanner disgwyl iddo ofyn, "Ydach chi'n cofio fod y gwaith cartref i fod i gael ei gyflwyno ddydd Gwener?" OMB!

Roedd y môr yn thema amlwg yn y swper olaf a gawsom yng Nghernyw cyn mynd am y fferi hwyr. Bwrdd yn yr awyr agored uwchben yr harbwr a bwyd ffres o'r tonnau. Dim rhyfedd ein bod yn canu hon yr holl ffordd i Plymouth:

> Ar lan y môr mae cranc a lemon,
> Ar lan y môr mae cregyn gleision,
> Ar lan y môr mae *sorbet* melon
> Ac ambell wylan eisiau'r sbarion!

Da-weles!

Gwen a Gruff

Nifer o ddilynwyr: 80

Tracs mêt Gruff
Fuon ni ar donnau Porth Neigwl ddydd Sadwrn. Polzeath yn swnio'n hwyl hefyd.

Catrin mêt Gwen
Gweld yr Eryr ar eich gwyliau – OMB!

Tad-cu
Wi'n cofio wylo dagrau fel babi pan ganodd Max Boyce 'Ar lan y môr' yn y gwesty yng Nghaerdydd ar ôl i Gymru drechu Lloegr yn 1977.

11

Mae'n anodd disgrifio'r profiad gwych o ddeffro yn ein caban ar y fferi, clywed y tonnau'n siglo oddi tanom a sŵn cadwynau'n cael eu gweithio wrth inni gyrraedd yr harbwr yn Llydaw a phen y daith. Brecwast cyflym – sudd oren a *croissant* – a beth sy'n well na hynny? Mân ynysoedd o'n cwmpas, goleudy a wal pen y cei yn nesu. Y môr wedi'i groesi, gwlad newydd o'n blaenau ac awyr glir y bore uwchben.

Wrth i Gwen fynd â'i bag dros nos i mewn i'r garafán ar lefel isaf y fferi, disgynnodd potel blastic o sebon gwallt ohono a rhowlio o dan y car! Roedd Gwen ar ei hyd o dan ein car yn crafangu amdano pan ddechreuodd ein ffrwd ni adael y fferi. Sôn am ganu corn gan y teulu oedd gyda'r bwldog yn y Range Rover y tu ôl i ni!

Sleids dŵr yn y gwersyll y gorau erioed. Mae'r pwll fel pe bai wedi'i gerflunio o gromlechi a chlogwyni. Wrth wylio bechgyn o Ffrainc ar y sleids, rydan ni wedi dysgu ein bod yn mynd yn llawer cynt os wnawn ni dynnu'r trowsus nofio 'chydig bach i lawr dros ein penolau. Sôn am sbort – ond bu bron i Gruff gyrraedd y dŵr o flaen ei drowsus nofio un tro. Byddai honno wedi creu dipyn o sblash.

Ar y nos Sadwrn, daeth bagad o gerddorion a dawnswyr traddodiadol o'r pentref i'r gwersyll. Roeddan nhw'n gorymdeithio o'r giât ffordd ac yn chwythu pibau cwdyn tebyg i'r rhai Albanaidd, a phibau cyrn tebyg i'r rhai Cymreig. Dyna ichi sŵn cyffrous! Roedd un ferch benfelen yn dod o amgylch y byrddau yn haslo pawb i godi oddi ar eu penolau i ymuno yn y dawnsfeydd llinyn. Chwarae cuddio oeddan ni ar y dechrau, ond roedd y benfelen ar ein holau ni fel labrador ac yn ein llusgo ni i gydio dwylo, wedyn ein hysgwyd ni gan weiddi canu wrth glymu bysedd a siglo breichiau. A wir, wedi rhyw sgip a naid neu ddwy, roedden ni'n dod iddi reit ddel. Aeth y benfelen i weiddi ar eraill wedyn, ac aethon ninnau i swnian ar Mam a Dad i ymuno efo ni.

Ffeithiau Llydaw (Breizh)

Iaith
Llydaweg

Prifddinas
Roazhon (Rennes)

Poblogaeth
4,550,000

Arwyddair
'KenToch'h mervel eget begañ saotret' (Gwell angau na chywilydd)

'Hwyl fawr!'
Kenavo!

Wedi cael diwrnod da ym mhentre'r Celtiaid – tai to gwellt, crempogau traddodiadol i ginio a phob math o gemau a chwaraeon a thaclau chwarae. Y Celtiaid yn ymladd yn erbyn y Rhufeiniaid drwy daflu bagiau ffa oedd ffefryn Gruff.

Diwrnod da arall oedd Gŵyl y Sioni Winwns. Cafodd y pedwar ohonom gyfle i raffu nionod fel roedd Sionis yn eu gwneud er mwyn eu cario ar eu beics. Cael croeso mawr gan y gwerthwyr ac roedd un neu ddau yn dal i gofio ambell air Cymraeg a glywson nhw gan daid (neu dad-cu!) oedd yn gwerthu rhaffau nionod o ddrws i ddrws yng Nghymru ers talwm.

Mae'r Llydaweg hefyd mor debyg i Gymraeg – rydan ni i gyd yn medru cyfri i ddeg ynddi bellach: *unan, doou, tri, pevar, pemp, c'hwec'h, seizh, eizh, nav, dek*. Mae hanes y ddwy iaith yn debyg hefyd – aethom i amgueddfa Hen Ysgol Fach y Wlad a beth oedd yno ond y 'Welsh Not' Llydewig. Darn o bren 'W.N.' oedd gennym ni yng Nghymru, ond clocsen fawr racs neu gragen môr oedd yn cael eu rhoi am yddfau plant oedd yn siarad Llydaweg yn yr ysgol. Yr un oedd y gosb – cansen.

A choeliwch chi byth – 'Hen Wlad fy Nhadau' yw anthem genedlaethol Llydaw hefyd.

> Mae gwlad y Llydawiaid yn annwyl i mi,
> Crempogau a nionod enwogion o fri,
> Eu sleids mewn gwersylloedd y gorau'n y byd
> A byw yw'r Llydaweg o hyd.

Cenafô! Gruff a Gwen

Gwcw mêt Gruff
Rhaid inni drio'r tric trôns yna yn ein gwersi nofio fis Medi.

Draig mêt Gwen
O! Mae eisiau waldio'r Ffrancwyr am daro plant oedd yn siarad eu hiaith eu hunain! O'n i'n meddwl mai dim ond yng Nghymru roedd hynny'n digwydd.

Taid
Cofio'r hen Sioni Winwns yn dod o gwmpas yr ardal yma ar ei feic. Roedd ganddyn nhw long oedd yn danfon llwyth o nionod i Borthmadog.

HIRWYNTFLOG
FFRAINC

"Mae Ffrainc yn wlad fawr wyddoch chi, blant." Mam ddwedodd hynny chwe awr ar ôl inni adael y gwersyll yn Llydaw a dwy awr cyn inni gyrraedd y gwersyll yr ochr draw i Baris. Ydan, rydan ni'n gwybod, Mam – mae Ffrainc yn wlad fawr.

Ers inni ddod oddi ar y fferi yn Llydaw mae Mam wedi siarsio Dad bob tro y bydd y tu ôl i'r llyw: "Cofia dy fod yn cadw ar y dde!" Pob rowndabowt, pob mynedfa … "Ie, ie, dwi'n cofio!' ydi ateb Dad. Heddiw, wrth ddod allan o'r orsaf betrol ar yr *autoroute* wnaeth Mam ddim ei atgoffa – a wnaeth Dad ddim cofio! Bu bron iawn i lorri sardîns … wel, gewch chi ddychmygu'r gweddill.

Yn y gwersyll roedd teulu o sir Gaerfyrddin yn ymyl eu carafán nhw. Y stiwdios ffilmio yn wych yn y Disni, meddan nhw, ond ciws anferth yn y parc Mici-mows. Roedd eu mab nhw, Siôn, wedi ennill ar glocsio yn yr Urdd ac wedi cynrychioli Cymru yno ar Ŵyl Ddewi. Wedyn roedden nhw wedi bod ym mharc Asterics ac wedi cael amser ardderchog yno. Straeon am y Celtiaid yn amddiffyn eu pentref yn erbyn byddin fawr y Rhufeiniaid ydi un Asterics a'i gyfeillion, ac maen nhw'n arwyr  mawr yn Ffrainc, er nad ydi'r rhan fwyaf o'r wlad yn siarad iaith Geltaidd erbyn hyn. Parc Ffrengig iawn, meddai Dad pan aethon ni yno, ac roedd hynny yn ei blesio yntau'n fawr – fedr o ddim dioddef Mici-mows.

Taith i Bordeaux wedyn. Gweld mwy o'r wlad fawr, a sylwi ar lechi o Gymru ar lawer o adeiladau'r ddinas. Mae'n siŵr eich bod chi Nain wedi clywed am y llongau'n gadael Caernarfon yn cario llechi 'i Wiclo a Bordô' ac ati. Roedd y morwyr Cymreig yn hoff o gaws ar dost, mae'n debyg, ac mae'r caffis yma'n dal i gynnwys *Welsh Rarebit* ar y fwydlen.

Pwy ddaeth â'r caws ar dost at ein bwrdd ni? Dyna oedd y gêm nesaf – wel, neb llai na honna sy'n gwisgo lot o lipstic ac yn crio o hyd ar *Rownd a Rownd*. Basach yn taeru mai honno oedd hi!

Ffeithiau Ffrainc (La France)

Iaith
Ffrangeg

Prifddinas
Paris

Poblogaeth
67,000,000

Arwyddair
Liberté, égalité, fraternité
(Rhyddid, cydraddoldeb, brawdgarwch)

'Hwyl fawr!'
Au revoir

17

Pan gyrhaeddon ni'r gwersyll, pwy oedd y drws nesa i ni ond teulu'r Range Rover a'r bwldog welson ni wrth adael y fferi. Roedden nhw wedi clymu eu lein ddillad wrth goeden yng nghanol ein lle gwersylla ni. Pan ofynnodd Mam iddyn nhw eu symud fel ein bod ni'n medru gosod ein carafán, dyma nhw'n dweud y gwnaen nhw hynny ar ôl i'w tywelion sychu! Wel, dyma Mam i ben caetj ...!

Wrth inni adael Bordeaux, Dad yn ein hatgoffa fod Prif Arolygydd yr Heddlu wedi diolch yn gyhoeddus i'r Cymry am eu cwmni hwyliog a'u hymddygiad taclus pan oedd miloedd yno adeg gemau pêl-droed cwpan Ewrop. 'Dan ni'n gobeithio ein bod ninnau wedi byhafio'n o lew hefyd.

> Mae'r hen garafán 'di'i llwytho eto,
> Pam fod rhaid i'r adlen gael ei lapio?
> Do mae'r elsan wedi'i wagio,
> Ac mae'r beiciau wedi'u strapio,
> Â Bordô mae'n rhaid ffarwelio ...

Ô-ryfwâr,

Gwen a Gruff

Bordeaux - Gironde

Nifer o ddilynwyr: 188

Angel mêt Gwen
Da iawn chi am beidio â throi'r Garafán Gloff yn dun sardîns.

Gwil mêt Gruff
Bŵ! Bŵ! i'r Bwldog. Ci hyll ac unllygeidiog.

Nain
Cofiwch ddod â photel o win coch Bordeaux adref i ni ei chael gyda'r ŵydd y Nadolig nesaf!

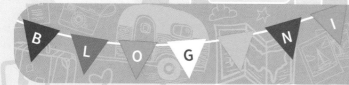

Dyma ni wedi dod i lawr i'r de o Bordeaux i Biarritz yng Ngwlad y Basg. Mae gan y Basgiaid wlad arbennig iawn oherwydd mae darn ohoni dan lywodraeth Ffrainc a darn ohoni dan lywodraeth Sbaen. Ar wal ar ochr y ffordd fe welson ni'r ffigyrau hyn: $3 + 4 = 1$. Beth fyddai Mrs Richards Mathemateg yn ei ddweud am hynny?! Ond mae'r esboniad yn un da – er bod 3 talaith dan Ffrainc a 4 talaith dan Sbaen, 1 wlad ydyn nhw! Dyna sydd y tu ôl i arwyddair y wlad, mae'n debyg – 'Y Saith yn Un'.

Mae'r gwersyll ar y bryn uwchlaw dinas Donostia. Mae hon yn ddinas hyfryd gyda thri thraeth o fewn cyrraedd y canol. Traethau braf gyda digon o gychod i'w llogi a chiosg hufen iâ bob deg cam. Daethom yn dipyn o ffrindiau gyda'r dyn llogi cychod – rêl Basgiad, pryd tywyll, mwstásh du, cefn blewog, sgwâr fel *shredded wheat* a fflach o ddannedd gwyn wrth wenu. Cyrhaeddon ni mewn pryd i weld y sioe dân gwyllt ar ddiwedd wyrthnos fawr eu gŵyl haf nhw yma. Roedd y gwreichion coch a gwyrdd a gwyn yn clecian dros y glannau i gyd.

Cawsom ddiwrnod yn Gernika hefyd. Roedd y dref honno yn ein sobri ar ôl sbri'r tân gwyllt. Hon oedd y dref gafodd ei bomio nes ei bod hi i gyd bron yn wastad â'r llawr 80 mlynedd yn ôl. Rhyfel rhwng y Basgiaid a Sbaen y Ffasgwyr oedd honno, ond daeth Hitler a'r Eidalwyr yno i helpu Sbaen a gollwng llwythi o fomiau ar y dref yn ystod un pnawn Llun, a hithau'n ddiwrnod marchnad. Collwyd llawer iawn o fywydau, ond cawson ni groeso caredig gan bawb am ein bod yno yn cadw'r cof yn fyw. Yno y mae hen senedd-dy Gwlad y Basg. Yn rhyfedd ddigon, chafodd hwn ddim ei daro gan y bomiau, na'r hen, hen dderwen oedd yn tyfu yng ngerddi'r adeilad chwaith. Mae honno wedi'i chadw mewn cysgodfan arbennig bellach ac mae derwen ifanc o flaen y senedd-dy, yn symbol o fywyd newydd i Wlad y Basg.

Ffeithiau
Gwlad y Basg
(Euskal Herria)

Iaith
Basgeg (Euskara)

Prifddinas
Bilbo

Poblogaeth
2,700,000

Arwyddair
Zazpiak Bat ('Y Saith yn Un')

'Hwyl fawr!'
Agur

21

Wrth siarad gyda'r gweithwyr oedd yn ein croesawu i'r senedd-dy, roeddwn ni'n sylwi mai pobl sy'n hoff iawn o wenu ydi'r Basgiaid.

Maen nhw'n sicr o wenu hefyd bob tro y byddwn ni'n defnyddio un o'u geiriau nhw. *Mersedez* ydi 'os gwelwch yn dda', ac *eskerrik asko* ydi 'diolch'. Geiriau mor wahanol, yntê, ond mae'n werth eu cofio er mwyn cael y gwenau.

Mewn un pentref roedd ogofâu o Oes y Cerrig gyda lluniau o geffylau, beison ac eirth ar y waliau. Mae'r Basgiaid yn eu gwlad fynyddig ers Oes y Cerrig meddan nhw, ond gan eu bod nhw'n gystal morwyr ac adeiladwyr llongau, roedden nhw'n hwylio i Lydaw, Cernyw a Chymru ac maen nhw'n perthyn i ni ymhell, bell yn ôl.

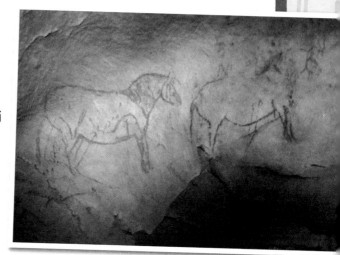

A dyma ni ar y fferi yn Bilbo. Gobeithio y byddwn ni gystal morwyr â'r Basgiaid ar ein ffordd yn ôl adref.

> Ac ry'n ni'n cofio
> Dweud *Mersedez*,
> *Eskerrik asko*,
> Ar hyd y nos.

Agŵr!
Gruff a Gwen

Nifer o ddilynwyr: 225

Nerys Nerfus mêt Gwen
Falch bod chi heb dorri pen y garafán i ffwrdd wrth barcio. Ddigon drwg ei bod hi'n gloff heb iddi gael y gilotîn hefyd!

Bîns mêt Gruff
Ceffylau, eirth a beison – ai dyna oedd ganddyn nhw ar y fwydlen yn Oes y Cerrig?

Tad-cu
Mae cofeb yng nghlwb y gweithwyr Rhydaman i fechgyn o Gymru aeth i gynorthwyo'r Basgiaid a'r Catalwniaid yn eu brwydr yn erbyn Sbaen a'r Ffasgwyr.

Dechrau gwyliau arall ar gyfandir Ewrop! Eleni rydan ni wedi hwylio ar fferi o dde Lloegr i borthladd Oostend yng Ngwlad Belg. Caban dros nos a chyrraedd y cei yn awyr iach y bore – does dim sy'n well!

Wrth fynd drwy ran o'r hen dref, roedden ni'n bownsio'n braf ar y cerrig crynion – y sets – ar wyneb y ffyrdd. 'Dan ni'n cofio gweld llawer o ffyrdd fel hyn pan oedd ras feicio y Tour de France yn cychwyn yng Ngwlad Belg beth amser yn ôl. Roedd y beicwyr yn cael trafferth mawr gyda'r wyneb anwastad ac amryw ohonyn nhw yn codymu. Mae'r garafán yn protestio'n arw y tu ôl i'r car hefyd – petai ganddi hi ddannedd, mi fydden nhw'n disgyn allan i gyd!

Roeddan ni'n ceisio tynnu hunlun teulu o flaen y caffi ac roedd yn waith caled cael popeth i mewn i'r llun. Yna, daeth gwraig atom gan gynnig help llaw, chwarae teg iddi. Ceisiodd Dad ddangos iddi pa fotwm i'w wasgu. *"Non, non, non!"* ysgydwodd hithau ei phen a phwyntio at fotwm arall! "Debyg i bwy ydi hon?" meddai Gruff. "Non Marjarîn sy'n gwneud brechdanau yn y caffi ar y Groes, siŵr!" A chwarddodd pawb ar yr union eiliad pan oedd hi'n gwasgu'r botwm. Coblyn o lun da!

Rydan ni wedi cyrraedd dinas Ieper ger y ffin gyda Ffrainc. Bu rhai o frwydrau mawr y Rhyfel Byd Cyntaf yn y ddinas hon, ac am filltiroedd ar hyd y ffordd iddi mae mynwentydd a chofebau. Digon i'n sobri. Mae pawb yn y car yn dawel iawn. Rydan ni wedi bod heibio mynwent sy'n golygu llawer i ni'r Cymry – yr un lle mae carreg fedd y Prifardd Hedd Wyn. Daw'r hanes i gyd a'r ymweliad â fferm Yr Ysgwrn yng Nghwm Prysor yn ôl i'r cof.

Awn heibio'r cerflun o ddraig goch ar gromlech – y gofeb genedlaethol i gofio am yr holl fywydau o Gymru a wastraffwyd yn y rhyfel. Yn Ieper,

Ffeithiau Gwlad Belg (Fflandrys a Walwnia)

Iaith
Fflemeg/Ffrangeg

Prifddinas
Brussels

Poblogaeth
11,500,000

Arwyddair
Eendracht maakt macht (Mewn undeb mae nerth)

'Hwyl fawr!'
(Fflemeg)
Ik zie je later!

mae llyfrau am Hedd Wyn i'w gweld yn yr amgueddfa ac mae un o'r swyddogion yn dod atom i'n croesawu. "Dewch i weld ein Hedd Wyn ninnau," meddai ac adrodd hanes arlunydd ifanc o Fflandrys a fu farw yn y rhyfel. "Doniau ifanc y gwledydd, dyna oedd pris y rhyfel," meddai.

O dristwch y ffosydd awn i Antwerp, un o'r trefi cyfoethog ar y camlesi yng ngogledd Gwlad Belg. Dau ranbarth gwahanol iawn yn creu un wlad ydi Belg – Fflandrys (sy'n siarad Fflemeg) a Walwnia (sy'n siarad Ffrangeg). Gwlad ifanc ydi hi a ddioddefodd lawer am fod nifer o frwydrau mawr Ewrop wedi'u lleoli yma. Ond yn Antwerp cawsom gip ar hen gyfoeth Fflandrys – roedd yn enwog am drin gwlân a gwehyddu brethyn a chreu thapestrïau hardd yn yr Oesoedd Canol. Ac roedd gwlân o ddefaid Cymru yn cyrraedd yma!

Ar hen ffyrdd bownsio beiciau'r hoff dre,
Maen nhw'n clecian fy esgyrn o'u lle,
Mae'r dyrfa yn heidio i'n gweld ni yn reidio
Ar hen ffyrdd bownsio beiciau'r hoff dre.

Ic she ie latyr!

Gwen a Gruff

Nifer o ddilynwyr: 286

Catrin mêt Gwen
Wedi bod yn Yr Ysgwrn. Y peth gorau am yr ysgol ydi'r tripiau.

Tracs mêt Gruff
Bownsio ar gerrig y ffyrdd yn f'atgoffa i o ddamweiniau Geraint Thomas druan ar ei feic.

Nain
Aeth eich Taid a minnau ar drip bỳs o ardal Trawsfynydd i weld bedd Hedd Wyn yn 1992 – profiad bythgofiadwy.

Mae'r Garafán Gloff yn hercian i fyny dyffryn afon Rhein ar hyn o bryd, ac am wn i nad ydi hanner pobl Ewrop yn gwneud hynny hefyd. Rydan ni ar yr *autobahn*, sef yr enw am drafford yn yr Almaen.

Wedi galw yn nhref Hamelin – tref y llygod, y pibydd brith a'r plant coll. Mae'r adeiladau fel set ffilm – ac mae'n hawdd iawn dychmygu'r lle yn yr Oesoedd Canol a'r pibydd yn dod rownd y gornel yn ei ddillad lliwgar a rhuban o blant yn ei ddilyn. Dydi hi ddim mor hawdd dychmygu'r lle'n berwi gan lygod mawr chwaith, meddai Mam!

Mae llun ar un o'r sgwariau wedi tynnu ein sylw. Mae'r cymeriadau yn edrych mor fyw – maer y dref yn enwedig, gyda'i het bluog a'i wyneb crwn, ac nid Mam oedd yr unig un oedd yn cael croen gŵydd wrth edrych ar y llygod.

Gwersyll braf wrth droed y mynyddoedd yn Bafaria ydi pen y daith am heddiw. Am y ddwyawr olaf ar yr *autobahn* roedd Dad yn dweud ac ail-ddweud ei fod yn edrych ymlaen at gyrraedd y gwersyll er mwyn eistedd o flaen y garafán ac agor potel o'r cwrw oer a brynodd yn Nefyn. Wel, fuon ni fawr o dro'n codi'r adlen y tro hwn, ond druan â Dad – roedd drws y cwpwrdd rhew yn yr oergell wedi dod i ffwrdd yn ystod y gyrru yma ac roedd popeth wedi rhewi. Y poteli cwrw yn lympiau llonydd a'u topiau wedi dechrau rhoi. Yn waeth na hynny, lolipop tomato gawson ni i de!

Pan oedden ni'n dau'n beicio o gwmpas y gwersyll, gwelson ni gar gyda sticer 'CYM' arno. Mae hynny bob amser yn brofiad braf! Yr un eiliad yn union, dyma'r bachgen oedd y tu allan i'r garafán agosaf yn gweld ein dreigiau cochion ninnau. "Cymry y'ch chi?" gofynnodd. Ifan ydi'i enw ac mae ganddo chwaer, Nel. Mae Ifan flwyddyn yn hŷn na Gruff, a Nel flwyddyn yn iau na Gwen. Maen nhw'n byw yn ymyl Crymych ac mi gawson ni noson braf yn eu cwmni.

Daeth Mam a Dad draw ac roedd hi'n hwyr iawn, iawn arnom yn troi am ein carafán ein hunain. Dyna ydi gwyliau, yntê?

Ond bore drannoeth daeth Dilwyn, y tad, draw at ein carafán ni. Roedd yn serchog fel arfer, ond toc gofynnodd i Mam a Dad: "Wrth ichi adael drwy'r adlen neithiwr, heibio'r dishen ffrwythau fawr ar y bwrdd – ddigwyddoch chi ddim torri tamed o honno i ddod dach chi, do fe?"

Edrychodd Mam a Dad ar ei gilydd yn syn. Na – doedd neb ohonom wedi cyffwrdd y gacen! Esboniodd Dilwyn, yn cochi at fôn ei glustiau erbyn hyn druan bach, eu bod wedi codi'r bore hwnnw a bod darn o'r deisen wedi diflannu a briwsion ar hyd llawr yr adlen. Dirgelwch mawr. Ymddiheurodd am ddod draw i holi ac aeth yn ôl. Beth oedd yr ateb, tybed? Pla o lygod mawr fel rhai Hamelin? "Gobeithio ddim, wir!" meddai Mam. "Lwcus ein bod yn gadael heddiw!"

Toc, daeth Dilwyn yn ei ôl. Roedd bwyd wedi'i ladrata o nifer o adlenni yn eu rhan nhw o'r gwersyll – ond roedd yr ateb yn syml. Roedd moch daear yn crwydro o'r goedwig i weld beth oedd gan y carafannau i'w gynnig yn y nos!

PAYS DE GALLES
CYM
CYMRU

> Mynd drot, drot yn y garafán,
> Cysgu soch, soch tan y wawr,
> Teisen gan ein ffrind
> A darn wedi mynd
> A briwsion mawr, mawr ar lawr.

Tshws! Gruff a Gwen

Nifer o ddilynwyr: 310

Gwcw mêt Gwen
Newydd feddwl! Mae'n addas bod y Cymry yn rhoi 'CYM' ar eu cerbydau – ond oni fyddai'n well i fois Crymych ddefnyddio 'CRYM'?

Draig mêt Gruff
Llygod a moch daear – swnio fel gwyliau delfrydol i mi!

Mam-gu
Ddaliodd eich Tad-cu a finne 19 o lygod bach yn y gegin un haf pan gawson ni bla ohonyn nhw yn y tŷ!

Dyma ichi fynyddoedd! O'r gwersyll, rydan ni'n gweld copaon sydd rhyw bum gwaith yn uwch na'r Wyddfa! Mae'r eira'n glaerwyn arnyn nhw, er ei bod hi'n haul tanbaid yma ar lan y llyn yng ngwaelod y dyffryn. Lliw y llyn wedyn – mae'n wyrddlas ac yn hollol wahanol i liw mawn llynnoedd Cymru.

Anhygoel hefyd ydi'r hanes bach nesaf yma. Pan gyrhaeddon ni'r gwersyll, dyna sioc o weld fod ffenest do'r tŷ bach yn y garafán wedi'i cholli ar y ffordd. Mae'n rhaid bod rhywun wedi anghofio ei chau hi ...

Drwy lwc, roedd teulu Crymych ar y ffordd i'r un gwersyll â ni ac i fod i gyrraedd yma ryw ddwyawr ar ein holau. "Tecstia nhw!" meddai Dad. Tra oedd Mam yn gwneud hynny, cofiodd Dad fod yna dipyn o wynt yn y bwlch ar ôl dringo i fyny at geg y dyffryn ar y ffordd yma.

A wir, awr a hanner wedi hynny daeth tecst i ddweud eu bod wedi cael hyd i'r ffenest. Roedd rhywun wedi'i chodi a'i gadael ar garreg fawr wrth ochr y ffordd yn yr union fwlch hwnnw! Da ydi carafanwyr am helpu'i gilydd.

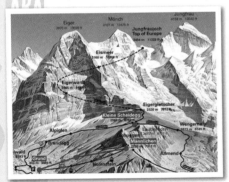

Dim noson hwyr heno – a dim teisen yn yr adlen chwaith. Codi gyda'r wawr drannoeth – rydan ni'n dal y trên mynydd i ddringo i'r llethrau sgio ac wedyn trên drwy grombil craig yr Eiger – un o fynyddoedd mwyaf arswydus yr Alpau. Mae'r trên yn dringo drwy dwnnel gan ddod allan hanner ffordd i ni gael sbec drwy ffenest yng nghraig y mynydd – mae'r orsaf gyntaf yn edrych fel tref dylwyth teg oddi tanom. Allan ar y copaon, rydym yn profi rhyfeddodau'r eira, ogofâu, cerfluniau iâ, a thrip ar gar llusg yn cael ei dynnu gan hysgis.

Ar y ffordd yn ôl, dyma gael cinio hamddenol yn y ganolfan sgio. Sglefrio mewn cafn tobogan fuon ni wedyn, gwrando ar glychau'r gwartheg a chyfle i chwythu corn hir yr Alpau! Doedd yr un ohonon ni'n medru cael nodyn ohono, ond roedd Ifan yn benderfynol. Chwythodd nes bod ei wyneb yn goch, a daeth rhyw wich ryfedd o berfedd y corn yn y diwedd. Ond doedd pawb ddim

Ffeithiau Swistir

Iaith
Almaeneg, Ffrangeg, Eidaleg, Romansh

Prifddinas
Bern

Poblogaeth
8,000,000

Arwyddair
Unus pro omnibus, omnes pro uno (Lladin) (Un dros bawb, pawb dros un)

'Hwyl fawr!'
(Romansh)
Sin seveser

33

yn coelio hynny – "Rhech buwch wedd e," yn ôl ei dad!

Mae hwn wedi bod yn wyliau arbennig iawn – tripiau cwch ar lynnoedd, cerdded llwybrau difyr, trên i'r brifddinas a diwrnod yn "Sain Ffagan" y Swistir. Awyr las bob dydd. Ar y noson olaf, dyma fynd i weld drama gerdd awyr agored yn adrodd stori Gwilym Tel, arwr mawr y wlad.

Ar un adeg, roedd pob cwm a dyffryn yn y Swistir yn cadw ar wahân i'w gilydd. Roedd hynny'n ei gwneud hi'n haws i elynion ddod yno a'u gorchfygu fesul cwm. Yng nghyfnod ein Llywelyn ni, daeth y Swistir dan fawd Awstria ond ysbrydolwyd y gwahanol ardaloedd i uno â'i gilydd gan Gwilym Tel a'i fwa croes. Roedd y pasiant fel ffilm fyw – milwyr ar geffylau, saethu'r afal ar ben y mab, Gwilym Tel yn cael ei ddal ac yn dianc, a phobl Swistir yn uno i fynnu cael eu rhyddid. Mae'r gymeradwyaeth yn canu yn ein clustiau o hyd!

I ben bwlch y San Bernard ar y ffordd adref ac aros yn y fynachlog i weld y cŵn enwog. Byddai dau gi yn gweithio gyda'i gilydd, gyda blanced gynnes wrth goler un ci a chasgen o frandi wrth goler y llall, ac yn helpu achub teithwyr mewn tywydd garw wrth i'r rheiny groesi'r bwlch ar eu ffordd i Rufain. Cŵn mawr, cryf ydi'r San Bernard – ond mor hoffus ac annwyl. Roedd y mynach yn annwyl hefyd – roedd Mam yn dweud mai hwn ydi'r dyn darogan tywydd o Gymru sydd i'w weld ar y teledu!

> Mae'n wlad i mi ac mae'n wlad i tithau,
> O lannau'r llynnoedd i eira'r Alpau,
> O'r dyffryn isel i'r *chalet* uchel –
> Mae'r wlad hon yn eiddo i ti a mi.

Sin sefeser! Gruff a Gwen

Nifer o ddilynwyr: 363

Gwil mêt Gruff
Si-so Jac y Do – a dacw hi ffenest y to!

Angel mêt Gwen
Pa fath o afal oedd ar ben mab Gwiliam Tel? Crynu Smith, mae'n siŵr.

Taid
Ydyn nhw'n dal i wneud y siocled hyfryd yna yn y Swistir?

35

Mae'n hanner tymor yr hydref ac yn Haf Bach Mihangel hwyr, felly rydan ni ar ein ffordd i'r Alban gyda'r garafán.

Wedi cyrraedd y ffin ac yn treulio noson yn Gretna Green. Dyma lle'r oedd cyplau ifanc yn ffoi i briodi ers talwm am fod oedran priodi heb ganiatâd rhieni yn is yn yr Alban. Yn ôl yr arddangosfa, roedd miloedd o gyplau wedi cynnal seremoni uwchben eingion y gof yn yr efail hon. Priodas hapus neu beidio, doedd hi ddim yn dda yn ein car ni'r bore wedyn wrth ailddechrau'r daith. Doedd Dad ddim wedi bachu'r Garafán Gloff yn iawn ym mhelen dynnu'r car, a phan aethon ni yn ein blaenau, gadawyd y garafán ar ei thrwyn yn y pridd. Dipyn o glec!

Ond gwellodd pethau'n fuan. Lliwiau'r hydref yn danbaid ar goed, rhedyn a brwyn, ac erbyn cyrraedd Oban roedd cyrn hir a blew hir ar y gwartheg. Roedd angen y gôt drwchus hefyd oherwydd roedd eira ar Ben Nevis a'r copaon uchaf. Drwy lwc roedd digon o nwy yn y garafán ac fe gawsom wres y tân y noson honno. Stori arall oedd hi erbyn y bore – blanced wen o farrug dros y gwersyll i gyd a'n carafán ni'n edrych fel rhywbeth o set ffilm y *Snow Queen*. Lwcus ein bod wedi prynu ceirch Albanaidd yn Gretna Green – roedd uwd poeth a mêl yn dda at yr oerfel.

Pan gododd yr haul yn uwch i'r awyr, cawsom ddiwrnod braf iawn. Buon ni ill dau yn craffu a chraffu ar hyd y daith ar lannau Loch Ness – ond welson ni ddim un don anghyffredin ar wyneb y dŵr, heb sôn am weld pen moel neu lwmpyn cefn yr hen anghenfil. Hen lol, meddai Mam – ond roedd y llyfrau a theganau meddal a magnedau ffrij Loch Ness yn gwerthu'n dda ym mhobman.

Yr ochr draw i Inverness aethom i weld maes un o frwydrau enwocaf yr Alban – brwydr Culloden, 1746. Hon oedd y frwydr pan gollodd gwerin Ucheldiroedd yr Alban eu rhyddid. Daethant i'r gad yn eu ciltiau, gyda'u bagbibau a'u cleddyfau – ond yn flinedig a newynog.

Ffeithiau yr Alban

Iaith
Gaeleg, Scots

Prifddinas
Caeredin

Poblogaeth
5,400,000

Arwyddair
Nemo me impune lacessit (Lladin)
(Y sawl sy'n fy niweidio a gosbir)

'Hwyl fawr!'
Tioraidh

Roedd gan fyddin Lloegr ynnau. Cawsom weld beddau'r Albanwyr – Clan Donald, Clan Fraser ac ati – lle'r oedd y teuluoedd wedi'u rhoi i orwedd gyda'i gilydd.

Roedd actorion yn llwyfannu darnau o'r hanes yn y ganolfan fodern, a ffilm pedair wal yn rhoi'r teimlad inni ein bod yng nghanol yr ymladd.

Roedd rhai ohonyn nhw'n mynd i ysbryd maes y gad – dwi'n meddwl eu bod nhw wedi anghofio mai actio oedden nhw. Actor gweddol fyr gyda gwallt cringoch oedd un ohonyn nhw. Ond roedd yn gweiddi yn fwy croch na neb ac yn chwifio cleddyf mawr uwch ei ben nes iddo frifo'i gefn, a bu'n sefyll yn gam am weddill y sioe!

Yno hefyd y cawsom stori blodyn cenedlaethol yr Alban, sef yr ysgallen bigog. Daeth byddin i ymosod ar fyddin yr Alban yn y nos. Roeddent wedi tynnu'u hesgidiau er mwyn sleifio'n dawel at wersyll yr Albanwyr. Yn ddiarwybod iddyn nhw, roedd ysgall yn y cae a thoc roedd y gelynion dewr yn gweiddi mewn poen – deffrodd yr Albanwyr ac ennill y frwydr ac maen nhw'n ddiolchgar i'r ysgallen fyth ers hynny.

Ysgallen yr Alban
Yn tynnu gwaed
Drwy bigo'r gelynion
O dan eu traed,
Mae nodau'r bagbib
Yn dal ar ein clyw:
Mae'r Alban yn cadw
Eu gwlad yn fyw!

Tjora! Gruff a Gwen

Nifer o ddilynwyr: 412

Bîns mêt Gruff
Uwd a mêl – ewch chi ddim llawer yn nes at y nefoedd na hynny!

Nerys Nerfus mêt Gwen
Carafanio mewn barrug? Swnio'n beryg!

Mam-gu
Mae gan eich Tad-cu a minnau lun ohonom yn efail y gof Gretna Green pan aethon ninnau i fyny y ffordd honno!

Wrth ddod ar y fferi yn Hoek van Holland, roedden ni'n dau yn disgwyl ein bod ni'n gyrru i lawr ramp hir nes cyrraedd y tir yn y gwaelodion – roeddem wedi clywed bod yr Iseldiroedd yn is na lefel y môr. Ond wrth gwrs, dim ond rhannau o'r wlad sy'n cael eu gwarchod gan y morgloddiau!

Roedden ni'n edrych ymlaen at weld y gwersyll gan fod yr Iseldirwyr yn wersyllwyr o fri – a chawson ni mo'n siomi!

Mae ganddon ni gae bach i ni'n hunain bron â bod, gyda'r gadjets diweddaraf ar gyfer y dŵr a'r trydan. Cae chwarae, ffrâm ddringo a siglen i bob 10 carafán gyda gwlâu blodau, llwybrau braf, coed a llyn hwyaid bychan yn gwahanu'r safleoedd. Mae fel carafanio mewn parc anferth!

A dyma'r lle i ddod ar gyfer beicio! Rydan ni wedi teithio can milltir a dydan ni ddim wedi gweld twmpath twrch daear o allt, heb sôn am fryn bychan. Mae gan y beicwyr eu ffyrdd eu hunain – un bob ochr i'r lôn fawr, gyda'u goleuadau traffig a'u harwyddion eu hunain. Mae'n gwbl gyffredin gweld hen bobl yn mynd i'r siop ar gefn beic neu griwiau o bobl ifanc yn mynd am dro efo'i gilydd gyda'r nos. Diogel, difyr a dim angen newid gêr ar y beic!

Aethom ar y trên i Amsterdam am y diwrnod. Doedden ni erioed wedi bod mewn trên dybyl-decar o'r blaen. Cyrraedd y brifddinas a gweld y maes parcio beics mwyaf yn y byd – 4,000 o feics yn rhengoedd ar dri llawr. Wel, dyma le difyr – tramiau, cychod ar y camlesi, pontydd o bob siâp, tai dŵr a siapiau difyr yr adeiladau. Gwib o gwmpas gawson ni – digon o flas i fod eisiau dod yn ôl yma'n fuan iawn.

Yn y farchnad flodau anhygoel yn Amsterdam brynon ni fageidiau o fylbiau tiwlips i'w rhoi yn anrhegion. "Pwy ydi hon 'ta?" gofynnodd Dad, gan droi ei lygaid i gyfeiriad y wraig ar y stondin. Doedd neb yn medru meddwl. "Cliw ichi – mae'n arwyddo eich adroddiadau pentymor chi." Ie – Mrs Roberts y Pennaeth!

Ffeithiau yr Iseldiroedd

Iaith
Iseldireg

Prifddinas
Amsterdam

Poblogaeth
17,000,000

Arwyddair
Ik zal handhaven
(Byddaf yn cynnal)

'Hwyl fawr!'
Doei

41

Diwrnod yn Edam, tref y caws, wedyn – marchnad liwgar dros ben a digon o gyfle i flasu'r caws. Rydan ni dan lefel y môr bellach ac yn pasio caeau fflat yn llawn blodau a hen felinau gwynt. Wrth dalu i fynd i mewn i un ohonyn nhw i weld yr adeilad pren a'r peirianwaith anhygoel, gofynnodd y wraig wrth y drws *"Which language?"* gan gyfeirio at daflen ymwelwyr. *"Welsh,"* meddai Dad. Ac er sioc fawr i bawb, dyma hi'n gwenu, edrych drwy'i bocsys a rhoi un Gymraeg inni! Roedd ganddi daflenni mewn 40 o ieithoedd gwahanol.

Rydan ni wedi gweld rhyfeddodau o garafannau ar y gwyliau yma. Yn y maes parcio wrth ddisgwyl am y fferi dyma ni'n cerdded ar hyd rhesi'r carafannau a phawb yn dewis ei ffefryn – "Hon fydd un nesaf ni!" Rhaid mynd ati i sgwennu'r llythyr yna at Siôn Corn ...

> Mae 'na rai sydd yn hoffi trafaelio
> Yn gyfforddus mewn Volvo estêt,
> Ond drwy'r Iseldiroedd ar lonydd bach fflat
> Dwy olwyn a sêt sydd yn grêt,
> Ar hen feic dwy a dimai heb gêrs ...

Dôi
Gwen a Gruff

Nifer o ddilynwyr: 465

 Tracs mêt Gruff
Mae'r beicio yn swnio yn hollol wych ac yn hollol ddiogel.

 Catrin mêt Gwen
Gwlad fflat – y drwg gyda hynny ydi nad oes gennych chi byth lawr allt yn nag oes?

 Tad-cu
Cofiwch ddod â bylbiau tiwlips adref gyda chi i'w plannu yn yr ardd fis Medi!

Ar y ffordd yma roedd Mam yn dweud mai'r Daniaid ydi'r bobl hapusaf yn y byd. Maen nhw'n perthyn i wlad fechan, yn hoff o gwmni ffrindiau a theulu a chreu amgylchfyd braf, lliwgar a chyfeillgar. Wel, wrth gwrs eu bod nhw – nhw wnaeth ddyfeisio Lego, yntê! Parc Lego oedd ein galwad gyntaf – lle gwych i bob taid, nain, mam-gu a thad-cu, hyd yn oed.

Cawsom ein croesawu i'r Parc Lego gan wraig benfelen gyda gwên naturiol a braf ar ei hwyneb. Roedd hi'n hoff iawn o blant, faswn i'n ei ddweud, ac roedd hi'n ein holi am ein gwlad a'n hiaith.

Mae cannoedd o ynysoedd yn Nenmarc ac mae llawer o fôr rhwng gwahanol ardaloedd â'i gilydd. Ond mae'r Daniaid wedi hen ddysgu bod yn rhaid cael cysylltiadau da er mwyn creu gwlad unedig – mae ganddyn nhw wasanaethau cychod cario ceir a phontydd môr anhygoel, ac mae'n hawdd mynd o'r tir mawr i'r ynysoedd llai.

Rydan ni'n gwersylla ar ynys weddol fawr, Ynys Finn. Yn Odense, y brif dref, mae amgueddfa i Hans Christian Andersen oedd yn enwog am ei straeon difyr i blant. Roedd hi'n braf iawn gweld y tŷ bach del lle cafodd ei fagu, a cherdded heibio'r casgliadau o lyfrau, sef cyfieithiadau o'i straeon mewn degau o ieithoedd y byd. Yn eu canol, roedd gan Dad ddeigryn yn ei lygad wrth weld copi o'i straeon yn Gymraeg. "Hwn oedd ganddon ni yn yr ysgol gynradd ers talwm!"

Daeth teulu o'r Fenni i aros yn yr un gwersyll a gan fod gennym ni bêl rygbi wedi'i chael yn y Steddfod, dyma drefnu gêm rhwng y ddau deulu'r noson honno. Wel, doedd y gwersyllwyr eraill ddim wedi gweld y fath beth. Daeth amryw â'u cadeiriau i eistedd wrth ystlys ein "cae" ac roedden nhw'n cymeradwyo'n uchel weithiau! Fyddech chi wedi mwynhau gweld y dacl a roddodd Dad ar y fam o'r Fenni, a gweld Mam yn sgorio yn y gornel wedi hynny.

Ymlaen â ni i Copenhagen wedyn – neu København, o roi ei henw cywir i'r ddinas. Wrth groesi'r bont anferth rhwng y ddwy ynys, roedd Mam yn holi beth oedd enw'r dref gyntaf yr ochr draw. Agorodd Dad y map nes ei fod fel papur newydd mawr o flaen ei drwyn. Dyna

Ffeithiau Denmarc

Iaith
Daneg

Prifddinas
Copenhagen

Poblogaeth
5,700,000

Arwyddair
Gudz hjælp,
Folkets
kærlighed,
Danmarks styrke
(Cymorth Duw,
cariad gwerin,
cryfder Denmarc)

'Hwyl fawr!'
Doei

pryd y teimlodd Mam ei bod hi'n boeth braidd wrth yrru a phwyso'r botwm agor ffenest. Ond roedden ni ryw gan troedfedd uwchlaw'r môr a dyma gorwynt drwy'r car, cipio'r map o ddwylo Dad a'i gario i lawr at y tonnau. Ond fe lwyddon ni i gyrraedd pen y daith!

Trip cwch o amgylch yr harbwr oedd y peth cyntaf a wnaethon ni – gweld cerflun y fôr-forwyn fach a'r cychod rhwyfo hirion roedd y Daniaid yn eu defnyddio i ymladd yn erbyn llongau rhyfel anferth y Saeson pan ddaeth y rheiny i ymosod arnyn nhw ganrifoedd yn ôl. Yr hyn oedd yn anhygoel am y rhyfel hwnnw oedd mai'r Daniaid oedd yn fuddugol – mi lwyddon nhw i amddiffyn eu dinas a'u gwlad!

Ddiwedd y pnawn, aethom i Erddi Tivoli. Lle hamddenol, hen ffasiwn ond yn llawn o bob math o adloniant a hwyl. Rhaid inni gyfaddef ein bod ni'n dau yn cymryd arnon nad oedden ni'n nabod Mam a Dad pan wnaethon nhw ddechrau dawnsio'r walts o flaen cerddorfa fechan o dan y coed!

Stori, stori hen blant bach ...

Fi-ses!
Gruff a Gwen

Nifer o ddilynwyr: **523**

47

Mae'r hen Garafán Gloff wedi croesi pont uchel hir arall ac wedi cyrraedd Sweden. Yr unig beth mae Dad yn ei wybod am y wlad, meddai, ydi mai dyma lle daeth Cymru agosaf at gipio Cwpan y Byd ar faes pêl-droed. Pan oedd y twrnament yma yn 1958, aeth Cymru cyn belled â'r rownd gogynderfynol a cholli i Brasil a aeth yn eu blaenau i godi'r cwpan. Yr unig beth mae Mam yn ei wybod am y wlad ydi mai oddi yma y daeth y grŵp Abba – mae hi wedi canu'r gân 'Mamma Mia' y rhan fwyaf o'r daith.

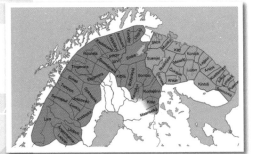

Mae ganddon ni daith hir o'n blaenau i Lapdir, gwlad Siôn Corn. Ond mae'n well dweud Sápmi, gwlad y Sámi. Maen nhw wedi byw ar y tiroedd sy'n ymestyn o ogledd Sweden, Norwy a'r Ffindir draw i Rwsia ers miloedd o flynyddoedd, yn hela a physgota. Rhyw fil o flynyddoedd yn ôl, dyma nhw'n dofi a ffermio'r ceirw Siôn Corn enwog sy'n byw yma a dyna ydi eu ffordd o fyw bellach.

Ar y ffordd i fyny, dyma aros i weld Amgueddfa Carafannau, o bob peth. Sôn am sbort yn edrych ar hen rai oedd yn cael eu tynnu gan geffylau! Carafannau sipsiwn wedyn, wedi'u paentio'n lliwgar ond yn fychan iawn, o feddwl bod teulu cyfan yn treulio'u holl oes yn un o'r rhain. Yr un wnaeth i ni chwerthin fwyaf oedd carafán yn cael ei thynnu gan gi Labrador. Yr un fwyaf modern oedd carafán gyda melin wynt a phaneli solar. Yr un fwyaf poblogaidd oedd y garafán hufen iâ. Y fwyaf oedd carafán beicwyr Tour de France. Y dristaf oedd un wedi malu a rhydu ac wedi'i throi'n gwt ieir. Ond yr un fwyaf lliwgar oedd y garafán Lego!

Dyma gyrraedd y Gogledd Pell o'r diwedd. Wnawn ni fyth gwyno am y daith i Gaergybi eto. Gwlad yr haul ganol nos yr hafau, a goleuadau nos y gaeafau yw hon. Mae rhew ac eira'n creu ynysoedd o'r pentrefi yn y tymor hir hwnnw, a chorsydd a llynnoedd yn eu cadw ar wahân pan fydd hi'n dadmer. Does ryfedd mai gwlad o bentrefi gwledig ydi hi'n bennaf.

Ffeithiau Lapdir (Sápmi/Lappi)

Iaith
Sámi/Lapon

Prifddinas
Kiruna (Sweden);
Karasjok (Norwy);
Inari (Ffindir)

Poblogaeth
3,000,000
(100,000 ohonynt
yn Sámi)

Arwyddair
Sámieatan
sámible
(Gwlad Sámi
i Bobl Sámi)

'Hwyl fawr!'
Oaidnaleabmai

49

Rhywbeth newydd i ni yw dysgu mai gair Llychlynnaidd am 'hen ddillad' ydi *lapp* – felly term sy'n gwawdio'r bobl Sámi ydi hwn mewn gwirionedd. Ond pan welson ni arddangosfa o ddillad traddodiadol y Sámi, roedden ni wedi dotio ar ba mor hardd a lliwgar oedden nhw.

Mae adrodd straeon yn adloniant pwysig yma. Yn eu chwedlau, mae cyfeiriad at hen ddyn barfog oedd yn galw heibio'r tai yn y gaeaf i adrodd straeon wrth y teuluoedd. Roedd hwn yn hoff o fadarch cochion, felly côt goch oedd ei hoff wisg. Gan fod y stormydd eira wedi lluwchio eira o gwmpas y tai nes ei bod hi'n amhosib agor yr un drws, yr unig ffordd y gallai'r hen ddyn fynd i mewn oedd drwy'r simnai. Ydi, mae Siôn Corn yn fyw iawn yma. Wedi galw mewn pentref Siôn Corn i gael rhywbeth i'w hongian ar y goeden y Nadolig nesaf – ond dydi'r lle ddim yr un fath, a hithau'n olau drwy'r nos, rhywsut. 'Dan ni'n weddol siŵr mai'r Siôn Corn yma ddaeth i'n parti ysgol Sul ni'r Nadolig diwethaf!

> Pwy sy'n dŵad dros y bryn
> A cheirw'n tynnu'r sled,
> A galw yn ein tŷ bach twt
> Am uwd a marmalêd?
> A phwy sy'n eistedd wrth y tân
> A'i sgwrs drwy'r oriau mân?
> Siôn Corn, Siôn Corn,
> Tyrd yma, tyrd yn awr.

Oaidnalebmai!
Gwen a Gruff

Nifer o ddilynwyr: 613

Angel mêt Gwen
Taswn i'n cael fy ffordd, mi gewch chi sôn am y Nadolig bob dydd o'r flwyddyn!

Gwil mêt Gruff
Pwy sy'n dŵad dros y bryn?
Dolig yn Awst – be ydi hyn?!

Tad-cu
P'idiwch wir â dechre sôn am Siôn Corn – neu bydd Mam-gu moyn i mi nôl Coeden Nadolig dydd Sadwrn nesaf!

Whiw, rydan ni wedi chwysu heddiw. Mae cwt pren yn y gwersyll – sauna traddodiadol y Ffindir ydi o. Nid lle poeth mewn canolfan hamdden neu westy moethus ydi hwn, ond y cwt gwreiddiol. Mae 3 miliwn o saunas yn y Ffindir ar gyfer 5.5 miliwn o bobl (a 'chydig o ymwelwyr fel ni). Mae'n edrych fel cwt garddio ond bod pentyrrau o goed tân ar hyd y waliau tu allan.

Nid rhywbeth posh i'w wneud yn ystod gwyliau ydi sauna yn y wlad yma ond rhywbeth hanfodol, rhan o batrwm byw bob dydd. Mae'r teulu'n mynd i'r sauna gyda'i gilydd, neu maen nhw'n gwahodd ffrindiau draw am sauna. Mae sauna yn ymlacio'r meddwl ac yn ystwytho'r corff. Cyn bod gwasanaeth iechyd, roedd mamau'r Ffindir yn geni eu plant mewn sauna!

Tân coed hen ffasiwn sy'n sauna'r gwersyll a gan fod pawb yn noethlymun, mae yna rai oriau i'r dynion a rhai oriau i'r merched! Gruff fentrodd yn gyntaf – roedd rhyw ddyn mawr blewog fel arth yn edrych ar ôl y tân ac yn egluro popeth. Mae tair silff bren y tu mewn i'r cwt ac mae'r waliau i gyd yn bren glân hefyd. "Chwarter awr ar y silff isaf," meddai'r arth, "wedyn allan am gawod oer, yn ôl am ddeng munud ar y silff ganol, ac felly ymlaen. Yn y gaeaf, fyddwn ni ddim yn mynd am gawod ond yn rowlio'n noeth yn yr eira neu'n torri'r rhew ar y llyn a chael trochfa fach!"

Mae brigau bedw yn eu dail yn hongian y tu allan i'r drws a phan aeth Gwen i'r sauna, dyma un o'r gwragedd yn dod â brigyn i'r sauna a dechrau chwipio hi'i hun nes bod ei chroen yn goch! Dyma un arall yn codi llond lletwad o ddŵr o fwced a'i dywallt ar y tân nes bod hwnnw'n hisian a'r gwres yn codi mwyaf sydyn. Mae hyn i gyd yn gwneud lles, meddan nhw!

Wrth fynd yn ôl i'r garafán, roedden ni'n cerdded ar awyr, bron!

Ffeithiau Ffindir
(Suomi)

Iaith
Ffineg

Prifddinas
Helsinki

Poblogaeth
5,500,000

Symbol cenedlaethol
Lili'r dyffrynnoedd

'Hwyl fawr!'
Hei hei!

Mae'n hawdd credu fod y *sauna*'n gwneud lles iddyn nhw ac yn eu cynhesu at yr esgyrn yn ystod eu gaeafau hir ac oer.

Dydi hi ddim yn tywyllu yma, hyd yn oed yng nghanol nos yn yr haf fel hyn – mae'r haul yn wincio arnom rhwng brigau'r coed am ddau o'r gloch y bore. Roedden ni mor boeth ar ôl ein sbeliau yn y *sauna* nes inni fynd i gysgu a ffenestri'r garafán i gyd yn agored. A sôn am gwsg melys! Ond gwae ni erbyn y bore – roedd heidiau o fosgitos wedi codi o frwyn y llyn yn yr oriau mân ac wedi bwyta pob un ohonon ni'n fyw!

Aethom i weld stadiwm Gemau Olympaidd Helsinki, 1952, heddiw. Mae cofeb i redwr enwog o'r Ffindir, Paavo Nurmi, o flaen y stadiwm – roedd yn rhedwr anhygoel gan ennill 9 medal aur, 3 medal arian a gosod 22 record byd yn ystod ei yrfa. "Dyna be mae *sauna* bob dydd yn ei wneud i chi," meddai Dad.

Taith arall wedyn i weld y tri thŵr naid sgio yn Lahti. Cawsom ddringo i gopa'r un uchaf – sôn am wichian wrth edrych i lawr! Roedd dychmygu bod yno mewn eira gyda styllod am ein traed, pen i lawr, pen-ôl i fyny, a gollwng, yn codi gwallt ein pennau. Ar y fferi yn ôl i Sweden, a phawb ohonom yn canmol egni pobl y Ffindir. Sôn am ...

Sôna, sgio a gwybed mân ...!

Hei hei! Gruff a Gwen

Nifer o ddilynwyr: 745

Bîns mêt Gruff
Ydi sauna yn codi archwaeth bwyd arnoch chi?

Nerys mêt Gwen
Gobeithio eich bod chi wedi cofio yfed digon o ddŵr ar ôl yr holl chwysu.

Taid
Sauna'n swnio'n dipyn mwy o sbort na bath!

55

Wrth inni deithio o Sweden i Norwy, roedden ni'n croesi pont uchel dros ffiord ddofn. Gwlad o fynyddoedd, môr a ffiordiau ydi Norwy – ac ystyr yr enw *Feicing* ydi 'dyn y ffiord' (ond mwy amdanyn nhw yn y munud).

Mae'r gwersyll mewn coedwig ar lan ffiord y tu allan i Oslo. Hyd yn oed yng nghanol y ddinas, mae gerddi a choed o gwmpas llawer o'r tai – mae fel petai'r wlad yn rhan o'r dref. Dipyn bach o antur sydd ar yr agenda heddiw – cael hanes a gweld cychod o Norwy a aeth ar hyd a lled y byd.

Mae amgueddfa llong y *Fram* yn dathlu anturiaethau Nansen ar gopa iâ Pegwn y Gogledd, a champ Amundsen yn cyrraedd Pegwn y De yn 1911. Trwyn main a chul sydd gan y llong – er mwyn torri drwy'r rhew ar foroedd y pegynau. Roedden ni'n teimlo'n oer iawn yn dod o'r fan yma!

Mewn amgueddfa arall welson ni gopi o rafft agored y *Kon-Tiki* – yr un wnaeth yr anturiaethwr Tor Heyerdahl ei chreu a'i morio o Peru i Ynysoedd Môr y De yn 1947, gan fyw ar bysgod ehedog oedd yn glanio ar y rafft, ymysg pethau eraill. Doedd dim peiriant na fawr ddim offer modern arni, dim ond un mast a hwyl a rhyw gwt tebyg i garafán ar ganol y rafft. Mi deithion nhw 4,300 milltir mewn 101 diwrnod! Yno hefyd mae *Ra II* – cwch o frwyn hwyliodd Heyerdahl o Forocco i'r Caribî. Anodd credu bod cymaint o anturiaethwyr wedi dod o Norwy. Roedd llun o Tor Heyerdahl ar wal amgueddfa'r *Kon-Tiki* yn ein atgoffa o Alun Wyn Jones!

Ond mae'r esboniad yn hanes y wlad, wrth gwrs – gwlad y Llychlynwyr a'u llongau cyflym oedd yn destun dychryn ar hyd glannau Cymru a sawl gwlad arall rhyw fil o flynyddoedd yn ôl. Yn yr amgueddfa nesaf mae cwch Feicing go iawn wedi'i chodi o fwd y ffiord – roedd wedi'i suddo yno yn rhan o fynwent o longau yn yr oes honno. Mae pren y cwch mewn cyflwr anhygoel o dda o hyd ac mae cerfiadau cywrain ar sawl rhan ohoni. Traddodiad y Llychlynwyr oedd bod y mab hynaf yn cael y ffer ar lan y ffiord yn Norwy, a bod y meibion eraill yn cael cwch bob un i chwilio am antur a chyfoeth. Dim rhyfedd felly fod yr ysbryd hwnnw yn fyw yn Norwy ar hyd y canrifoedd.

Ffeithiau Norwy

Iaith
Norwyeg

Prifddinas
Oslo

Poblogaeth
5,200,000

Arwyddair
Alt for Norge
(Popeth dros
Norwy)

'Hwyl fawr!'
Ha det!

Cawsom daith ar gwch i fyny ffiord heddiw, ac mae'r mynyddoedd o'r môr mor hardd yma. Mae'r tai a'r pentrefi ar lannau'r ffiord yn dwt a thaclus ac mae baneri Norwy ym mhobman. Ar sgwariau Oslo, mae gwisgoedd lliwgar traddodiadol a dawnsio gwerin yn gyffredin hefyd. Maen nhw wrth eu bodd yn rhannu hanes a hoff arferion eu gwlad gyda ni.

Cawsom sioc o wybod mai gwlad ifanc iawn ydi Norwy – dim ond ers 1905 y mae hi'n wlad annibynnol. Mae hi wedi dioddef dan fawd Sweden a Denmarc am ganrifoedd ond erbyn hyn mae'n rhydd ac yn llewyrchus. Mae marchnad bysgod ar y cei ac mae'r môr yn rhoi llawer o gyfoeth i'r wlad – pysgod ac olew.

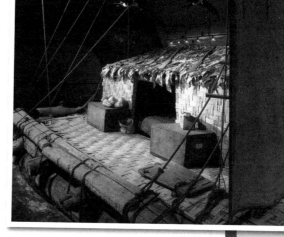

Ond mewn ffordd arall, mae Norwy yn hen iawn. Mewn parc, cawsom weld grŵp theatr yn perfformio rhai o chwedlau'r wlad. Roedd pob math o angenfilod yn y sioe – trol y coed, trol y creigiau, trol y dŵr. Mae rhai fel cewri, rhai yn gas a rhai fel tylwyth teg. Yn y garafán y noson honno, roedd yn rhaid inni gael cip o dan y bleind i wneud yn siŵr nad oedd trol yn crwydro o gwmpas y maes cyn inni fynd i gysgu!

> Mae sŵn ar lan y môr, sŵn hwylie'n codi,
> Dangos pob un pasport, llwytho'r ceir i'r fferi.
> Ni fedrai fyw yn Oslo ar fy ngwir –
> Rhaid imi fod yn Feicing iawn a gadael tir.
> Gadael tir a mynd am adre ...

Ha det! Gwen a Gruff

Tracs mêt Gruff
Waw, rafftio ar draws y moroedd yna yn swnio'n dipyn o gêm!

Catrin mêt Gwen
Ro'n i wastad yn meddwl bod Huw Hanes wedi dweud bod Feicing wastad yn mynd ar ei feic i bob man?

Mam-gu
Fuon ni lan ar drip i ddinas Efrog rhyw ddwy flynedd yn ôl – mae profiad Feicing *gwych* gyda nhw fan'no.

Gwyliau'r Pasg ac rydan ni yn Iwerddon y tro hwn. Dyna braf ydi cael gwlad mor agos i ymweld â hi. Ac mae fel galw i weld y teulu, wrth gwrs, gan fod y Gwyddelod yn perthyn i ni'r Cymry.

Ar y fferi, mae Mam a Dad yn adrodd straeon am eu teithiau nhw yn Iwerddon. Un tro, roedd Mam wedi holi'r ffordd i un siop yn Nulyn ac wedi cael ribidirês o gyfarwyddiadau cymhleth. Ydi'r siop yma'n bell iawn oedd cwestiwn nesaf Mam; a'r ateb: "It's only a five-minute walk if you run!" A phan holodd Dad y ffordd i Limerick, y cwestiwn a gafodd yn ateb oedd, "Do you want the fast road or the slow road?"

Rydan ni wedi bod yn Nulyn ddwywaith o'r blaen ac wedi gweld hanes Gwrthryfel y Pasg yn Swyddfa'r Post a gweld gêm yn Stadiwm Aviva. Dydi Dulyn ddim yn lle i garafán! Drwy lwc mae ceg twnnel reit wrth ymyl y porthladd ac o fewn ychydig o amser roedden ni wedi gyrru o dan y ddinas ac ar ein ffordd am orllewin y wlad.

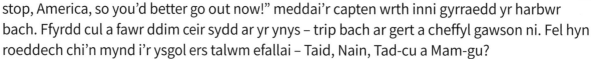

Fferi arall heddiw! Rydan ni'n mynd am Inishmore, y fwyaf o ynysoedd Aran ym môr y gorllewin. "Next stop, America, so you'd better go out now!" meddai'r capten wrth inni gyrraedd yr harbwr bach. Ffyrdd cul a fawr ddim ceir sydd ar yr ynys – trip bach ar gert a cheffyl gawson ni. Fel hyn roeddech chi'n mynd i'r ysgol ers talwm efallai – Taid, Nain, Tad-cu a Mam-gu?

Glaw mân ers dau ddiwrnod, ond dim ots – rydan ni wedi cael o hyd i Barc Dŵr gwych yn ymyl Galway. Waeth inni fod yn wlyb tu mewn na bod yn wlyb y tu allan.

Rydan ni wedi dod i lawr i benrhyn Dingle bellach. Mae'n awyr las ac er bod dipyn o wynt, rydan ni allan ar gwch yn y bae. Chwilio am y cymeriad enwocaf yng ngorllewin Iwerddon rydan ni – sef Fungie y dolffin! Mae gyrrwr y cwch yn mynd â ni yn ôl ac ymlaen drwy'r bwlch rhwng y bae a'r môr mawr. "Wedi mynd i gael paned yn rhywle mae Fungie," meddai'r cychwr.

Ffeithiau Iwerddon

Iaith
Gwyddeleg

Prifddinas
Dulyn

**Poblogaeth
y Weriniaeth**
4,750,000

**Symbol
Cenedlaethol**
Telyn

'Hwyl fawr!'
Slán

"Mi ddaw'n ei ôl yn y munud." A chyn hir, dyma waedd – "Dacw fo!" Cefais i, Gwen, gip ar gefn llwyd, gloyw wrth ochr y cwch ond diflannodd cyn i Gruff ei weld. "Rhaid imi chwarae efo fo!" meddai'r cychwr gan ddechrau mynd o ochr i ochr a chylchu'n ara' deg. Ac yn wir, mi ddaeth Fungie yn ei ôl i nofio wrth ochr y cwch, yna arwain ar y blaen ac yna rhoi un llam anferth gan wenu'n hapus arnon ni.

Cyn troi'n ôl am adref, aethom i weld bythynnod y newyn. Hanes trist iawn ydi hwnnw – y cynhaeaf tatws wedi methu am nifer o flynyddoedd a phobl dlawd Iwerddon yn llwgu. Eto roedd pobl y plastai mawr yn gwerthu cnydau a chig i Loegr. Anodd credu'r peth – dros filiwn yn llwgu i farwolaeth mewn gwlad sy'n llawn o ffermydd da yn cynhyrchu popeth o gaws i geirw erbyn heddiw.

"Lle mae'r porthladd?" oedd ein cwestiwn i hen ddyn yn Rosslare. "Go straight round the bend, up to the bottom of the road and turn right left" oedd yr ateb.

> Lle mae Dingle? Lle mae Dingle?
> Ddim yn gwybod. Ddim yn gwybod.
> Pa ffordd? Pa ffordd?
> Well inni beidio holi yma ...

Slân!

Gruff a Gwen

Nifer o ddilynwyr: 873

Draig mêt Gruff
Mae'r straeon yma'n gwneud i fy ngwaed i ferwi.

Gwcw mêt Gwen
Druan o Fungie – gorfod perfformio a chael tynnu'i lun bob dydd.

Nain
Dwi'n cofio Taid a minnau'n croesi i Iwerddon flynyddoedd yn ôl. Sôn am wynt a thonnau! Roedd Taid yn gorwedd ar ei hyd ar lawr yn y caffi y rhan fwyaf o'r daith.

Y noson cyn inni gychwyn ar ein taith am Awstria, cawsom wylio DVD o hen ffilm oedd gan Mam – *The Sound of Music*. Wel, ymhell cyn diwedd y ffilm roedden ni'n caru'r wlad hardd yma – ac ar ben hynny, roedd pawb yn y wlad yn medru canu! Ydach chi'n cofio Julie Andrews yn ddynes lolipop arnon ni pan oeddan ni'n dechrau yn yr ysgol?

Doedden ni ddim ond wedi prin osod y garafán yn ei lle nad oedden ni'n clywed taranau'n chwyrnu yn y mynyddoedd. Wrth ddadbacio'r polion, dyma fellten yn hollti'r awyr o un gorwel i'r llall. Nid mellten felen, sydyn fel y rhai gawn ni yng Nghymru oedd hon ond mellten las fel tafod draig yn para am eiliadau yn yr awyr. Roedd yr awyr yn hollol ddu bellach. Anferth o daran uwch ein pennau. "Brysiwch! Brysiwch!" gwaeddodd Mam wrth stwffio polyn drwy boced yr adlen. Roedd y pegiau olaf yn cael eu curo i'r ddaear pan ddisgynnodd y dafnau cyntaf – a'r rheiny maint grawnwin! "I'r garafán! Sipiwch ddrws yr adlen!" gwaeddodd Dad. A dyma'r glaw yn arllwys i lawr.

Doedden ni brin yn gallu clywed ein hunain yn siarad yn y garafán. Buom yn chwarae Teuluoedd Dedwydd am awr, Liwdo am awr arall a Monopoli Cymraeg am ddwy awr arall – ac roedd y glaw yn dal i dywallt fesul bwcedaid. Y gêm orau oedd pob un yn cymryd ei dro i fynd i'r cwpwrdd tŷ bach tra oedd y tri arall yn cuddio'r halen a'r pupur. Yr un oedd yn cymryd mwyaf o amser i ddod o hyd iddyn nhw oedd yn gorfod mynd allan i lenwi'r tanc dŵr a'i gysylltu wrth y garafán. Dad oedd hwnnw.

"Bydd hi wedi clirio erbyn fory," oedd geiriau olaf Dad. Doedd dim mellt a tharanau'r bore wedyn ond roedd hi'n dal i bistyllio bwrw. Roedd cymylau isel yn cuddio'r mynyddoedd i gyd.

"Tywydd ogofâu ydi hwn" meddai Dad a ffwrdd â ni am dref o'r enw Hallstaatt.

Ffeithiau Awstria

Iaith
Almaeneg

Prifddinas
Vienna

Poblogaeth
8,500,000

Symbol Cenedlaethol
Eryr

'Hwyl fawr!'
Bis bald

"Ystyr *staatt* ydi tref," meddai Mam, gan ddarllen ei llyfr bach ymwelwyr, "ac ystyr *hall* ydi 'halen'!" "Enw Cymraeg ydi hwn!" meddai Gruff. "Celteg," meddai Mam. "Roedden nhw'n twrio dan ddaear am halen yma ers Oes y Cerrig a phan ddaeth y Celtiaid yma, dyna enw Celtaidd yn cael ei roi ar y dref."

Roedd yr amgueddfa'n llawn esgidiau lledr, dillad brethyn, offer pren – y cyfan wedi piclo mewn halen ac wedi cadw mewn cyflwr da ar hyd y canrifoedd. Roedd y Celtiaid oedd yn byw yma'n gyfoethog gan eu bod yn gwerthu'r halen ar draws Ewrop ac wedyn yn gallu creu nwyddau ac arfau cerfiedig hardd o haearn, aur a metelau eraill. Roedd y casgliad yn wych a hardd, ac roedden ni mor falch ein bod ni'n perthyn i'r bobl yma.

Pan ddaethon ni'n ôl i'r blaned hon, roedd hi'n dal i fwrw! Diwrnod yn amgueddfa Mozart a gwrando ar fiwsig clasurol gawson ni wedyn. Diwrnod arall mewn parc nofio. Diwrnod ar drên drwy'r glaw i Vienna a diwrnod mewn plasty crand.

Ond ar y ddau ddiwrnod olaf, dyma hi'n awyr las a heulwen braf! O, y fath olygfeydd – ac i feddwl bod y cyfan wedi'i guddio dan gymylau drwy'r amser. Trip ar gar codi i ben un o fynyddoedd y Tirol, a'r diwrnod olaf yn cerdded (a chanu) ar hyd llwybrau *The Sound of Music* yn nhref hardd Salzburg.

> Hwyl fawr, adieu, auf wiedersehen, ffarwél,
> Ffarwél i wlad mor wlyb, mor lân, mor ddel.

Bis bald! Gwen a Gruff

Nifer o ddilynwyr: 936

Gwil mêt Gruff
Ogof a halen a lledr ac aur – dwi'n teimlo'n Geltaidd iawn mwya sydyn.

Angel mêt Gwen
Doedd ein Julie Andrews ni ddim yn hoff iawn o blant, os cofia i yn iawn. Ddaeth hi ar fy ôl i efo'r lolipop unwaith!

Tad-cu
O na! Chi wedi'i gwneud hi nawr. Dyw Mam-gu ddim wedi stopio canu 'The hills are alive with the sound of music' ers darllen hwn …

Rydan ni wedi dod drwy un o fylchau'r Alpau ac i lawr i ddyffryn mawr gogledd yr Eidal. Yn y gwersyll yn Venezia, cawsom dipyn o drafferth i ffitio'r garafán i'r clwt bach o dir oedd ar ein cyfer ond daeth criw o Eidalwyr i'n helpu o garafannau cyfagos, ac ar ôl llawer o chwifio dwylo a gweiddi, dyma'r trwmbal yn cael ei wagio o bopeth roedd ei angen arnom ac yna'r garafán yn cael ei gwthio'n gyflym nes bod y bar bachu o'r golwg hyd at ddrws y trwmbal yn y gwrych. Roedd yr Eidalwyr yn gwenu a chwerthin, yn teimlo eu bod wedi gwneud joban dda iawn!

Diwrnod yn Venezia heddiw. Rydan ni wedi penderfynu ynganu pob tref fel mae'n cael ei sillafu ar arwyddion ffyrdd. Mae'r Eidaleg yn hawdd i ni'r Cymry – mae sŵn pob llythyren ac acen y geiriau yn debyg iawn i'r Gymraeg. *Gelato* ydi hufen iâ – yn cael ei ynganu fel 'jelato'. Roedd angen llawer o hwnnw arnom heddiw gan ei bod hi mor boeth a phrysur yn y ddinas ar y camlesi. Dyna ddynes grêt oedd yn llenwi'r côns hufen iâ inni – roedd hi'n plastro'r *gelato* ac yn ei stwffio i'r

gwaelod a chreu mynydd mawr ar ben bob cornet! Gwallt du cyrliog ganddi ac yn chwerthin yn uchel wrth weld ein llygaid ni.

Tipyn bach o anffawd wrth fynd drwy un o hen drefi ardal y Chianti. Roeddem yn dilyn arwyddion *Centro Cittá* – canol y dref – a dyma sylwi fod y ffordd yn mynd rownd a rownd mewn cylchoedd, gan ddringo ochr y bryn yr un pryd, fel mewn hen gaer Geltaidd. Ar ben hynny, roedd y stryd yn culhau wrth gylchu! Ac yn y diwedd, beth oedd o'n blaenau ond bwa cul ac isel yn hen wal y dref. Fyddai'r car ddim yn medru mynd drwy hwnnw, heb sôn am y garafán! Drwy lwc, roedd pawb yn gweld hyn yn ddigri iawn ac roedd y pedwar ohonom yn rowlio chwerthin wrth ddadfachu'r garafán a throi yn ôl.

Cyrraedd Rhufain o'r diwedd. Bore yn y Colosseum – arena waedlyd y gladiators. Cawsom Rhufeiniwr balch o'r enw Roberto i fynd â ni ar daith o amgylch yr adeilad anferth ac adrodd straeon am y lle a'r gynulleidfa oedd yno yn nyddiau'r ymerodraeth. Cawsom weld celloedd y

Ffeithiau Yr Eidal

Iaith
Eidaleg

Prifddinas
Rhufain

Poblogaeth
60,500,000

Arwyddair
Perl'onore D'Italia
(Dros anrhydedd
yr Eidal)

'Hwyl fawr!'
Ciao!

69

bwystfilod oedd yn cael eu cadw yn y selerydd a chael hanes y gladiators. Carcharorion rhyfel oedd rhai ohonyn nhw ac eraill wedi'u cipio'n gaethweision o wledydd oedd wedi'u gorchfygu gan fyddinoedd Rhufain. Mewn un rhan uchel o'r arena, roedd Roberto'n adrodd mai merched oedd yn eistedd yno. Fel arfer, bydden nhw'n yfed gwin ac yn gweiddi. Ond ar ôl bod yno am dair awr, roedden nhw eisiau mynd i'r toilet. Mae Gwen yn dal i giglo wrth feddwl amdanyn nhw yn pi-pi ar lieiniau ar y seti, yn ôl stori Roberto, ac wedyn yn mynd at y wal yn y cefn a thaflu'r llieiniau gwlyb ar ben pobl yn y stryd islaw!

'Nôl i'r gogledd a gweld tŵr cam Pisa. Am ryw reswm roedd cannoedd yn sefyll o flaen ffonau symudol gyda'u dwylo yn uchel o'u blaenau, fel petaent yn dal y tŵr rhag syrthio. Ac roedd pob un ohonyn nhw yn meddwl eu bod wedi cael syniad gwreiddiol dros ben!

Trên i Cinque Terre heddiw – pum pentref wedi'u hadeiladu ar glogwyni'r môr ac yn edrych fel nythod gwenoliaid lliwgar yn cydio yn y creigiau uwch y tonnau. Gwasanaeth trên yr Eidal yn hawdd ac yn rhad – tocyn i Monterosso, y pentref uchaf ac yna tocyn ar lein leol o un pentref i'r llall. Roedd un teulu ar y lein leol wedi mentro mynd ar y trên heb docyn – ond daeth y casglwr tocynnau heibio yn annisgwyl a chawsom fwynhau drama fawr ac araith hir am ganlyniad y *no biglietto*!

> Dewch gyda ni i Pisa, Roma,
> Lle gawn ni eto *gelato* fanila
> A chinio a swper o pasta a pizza.
> Italia, O! Italia
> Ffa-la-la-la La La-la-la-la ...

Tshaw, Gruff a Gwen

Nifer o ddilynwyr: 987

Bîns mêt Gruff
Pam na fasach chi'n dod ag un o'r jelatos anfarwol yna adra efo chi?

Nerys mêt Gwen
Da iawn chi am brynu tocynnau trên – faswn i'n marw tasa na gasglwr tocynnau yn gweiddi *Biglietto* arna i.

Taid
Gawson ni pasta neithiwr; pizza sydd i swper heno – oes gennych chi awgrym at nos fory inni?

Ydach chi'n cofio ni'n anfon lluniau ein gwisgoedd ffansi ar Ddiwrnod y Llyfr atoch chi fis Mawrth diwethaf? Wel, rydan ni wedi dod i fan geni Diwrnod y Llyfr yr haf yma. Gwersyll gwych ar dref lan môr yn Catalwnia a heddiw, trên i Barcelona. Roedd y ddynes gyferbyn â ni yn y cerbyd eisiau gwybod pa iaith roedden ni'n ei siarad. Roedd hi'n dotio mai Cymraeg oedd hi a'n bod ni'n darllen llyfrau Cymraeg ar y daith. Dyma hi'n adrodd hanes trist iawn wrthon ni – am bron i hanner canrif, roedd Catalaneg yn cael ei gwahardd yn ysgolion y wlad gan lywodraeth Sbaen. Chafodd hi ddim dysgu, darllen na sgwennu ei iaith ei hun yn yr ysgol. Pan fu farw'r dyn drwg yna o'r enw Franco, meddai hi, cawsant ryddid i ddysgu'r iaith i'r plant eto. Ond roedd hynny'n rhy hwyr iddi hi. Welson ni wyneb Franco mewn amgueddfa – y dyn tebycaf i siarc welson ni erioed.

Eto, roedd hi'n benderfynol o gael y doniau oedd gan ei phlant, meddai. Aeth i ddosbarthiadau nos. Am y tro cyntaf ers hanner canrif, roedd llyfrau Catalaneg yn cael eu cyhoeddi eto. Roedd Franco wedi llosgi llyfrgelloedd o hen lyfrau yn yr iaith. Wrth ennill rhyddid, daeth 23 Ebrill, eu diwrnod cenedlaethol, yn 'Ddiwrnod y Llyfr'. Y bore wedyn, pawb yn cael hanner diwrnod a theuluoedd cyfan yn heidio i Barcelona i'r stondinau llyfrau oedd ar bob stryd ac ym mhob sgwâr. Yr arfer ydi bod pawb yn y teulu yn prynu llyfr Catalaneg i'w gilydd. Roedd yr hen wraig yn chwerthin yn iach wrth ddweud mai llyfrau plant bach roedd ei phlant ei hun yn eu prynu iddi ar y dechrau – er mwyn ei helpu i ddysgu darllen yn yr iaith. "Ond dwi wedi dysgu'n iawn erbyn hyn ac yn darllen llyfrau pobol mewn oed," chwarddodd hi. "Daliwch ati i ddarllen llyfrau, blantos," meddai hi wrth adael. "Wyddoch chi ddim pa mor werthfawr ydyn nhw nes eu bod nhw'n eich rhwystro chi rhag eu darllen nhw!"

Ffeithiau Catalwnia

Iaith
Catalaneg

Prifddinas
Barcelona

Poblogaeth
7,500,000

Symbol cenedlaethol
Mul

'Hwyl fawr!'
Fins aviat

Mae Barcelona yn ddinas fywiog dros ben! Aeth trip bws y ddinas â ni i stadiwm clwb pêl-droed Barsa – mae'n rhyfedd meddwl bod ein Gareth Bale ni wedi chwarae yma! Gwib i ben yr eglwys gadeiriol newydd gyda'i thyrau anhygoel – y Sagrada Familia, heibio adeiladau enwog Gaudí ac yna i fyny ar y trên bach i barc adloniant Tibidabo. Roedd yr olygfa o'r ddinas o ben yr Olwyn Fawr yn destun sgrech arall!

Yn y Plaça de Catalunya ddiwedd y pnawn, roeddem yn dyst i olygfa ryfeddol arall – pyramid dynol. Roedd tîm y ddinas yn ymarfer creu 'castell', sef cylch o bobl gryf (dynion a merched!) yn sefyll yn y sgwâr. Chwech yn dringo'n droednoeth ar eu hysgwyddau a'u breichiau ar ysgwyddau ei gilydd. Pump troednoeth ar ysgwyddau'r rheiny ac felly ymlaen nes bod wyth, naw neu hyd yn oed ddeg lefel i'r 'castell'! Wyth oedd yn yr un welson ni – anhygoel! Erbyn y diwedd roedd tyrfa fawr yn ceisio bod yn nerth i'r rhai ar y ddaear oedd yn cynnal yr holl bwysau. Mae Catalwnia yn un o'r gwledydd mwyaf castellog yn Ewrop gan fod llawer o frwydrau wedi bod yma. Ond maen nhw'n gwybod yn dda iawn hefyd sut i fod yn nerth i'w gilydd y dyddiau hyn!

> Mi af i Barcelona
> Â'm llyfyr yn fy llaw,
> Mae'r faner ar y castell
> A'r cloc yn taro naw.

Ffins afiat! Gwen a Gruff

Catrin mêt Gwen
Castell o bobl – gawn ni wneud un o'r rheiny yn y wers Hanes nesaf os gwelwch yn dda?

Tracs mêt Gruff
Mae'r siarcod yn hel at ei gilydd, meddan nhw.

Mam-gu
Mae helyntion heddlu milwrol Sbaen yn atal y Catalwniaid rhag pleidleisio yn Hydref 2017 yn dod yn ôl i'r cof wrth ddarllen hwn.

BLOG NI

Sôn am râs! Rydan ni newydd deithio ar draws talp mawr o Sbaen gan anelu at y gwersyll yma yn yr Algarve. Roedd Mam wedi cael rhybudd bod giatiau'r gwersyll yn cau am ddeg o'r gloch y nos. Aeth hi'n dipyn o banic arnon ni – traffig trwm mewn rhai ardaloedd a cholli amser yn chwilio am orsaf betrol. Roedd hi'n tywyllu a ninnau mewn lle dieithr. Pum munud i ddeg! Ble ar y ddaear oedd y Camping Europa yma? Aros i ofyn i rywun oedd yn cerdded ar ochr y ffordd, a Mam yn ceisio defnyddio ychydig o Bortiwgaleg: *"Com licença, Camping Europa por favor?"* Dyma'r dyn yn edrych yn rhyfedd arni a gofyn yn Gymraeg iddi, "Ti'n siarad Cymraeg?" "Ydw!" meddai Mam, gan synnu bod ei hacen mor gryf. Dyma'r dyn yn plygu'n nes – ac ar hynny, yn gweld Dad. "Duwcs, Gwil – ti sy 'na!" Roedd y ddau yn yr ysgol gyda'i gilydd! Doedd dim amser i sgwrsio llawer – a thrwy groen ein dannedd dyma gyrraedd y gwersyll mewn pryd.

Wedi'r holl deithio, mae'n braf cael dipyn o ddyddiau o orweddian a chwarae ar lan y môr. Mae tonnau Môr Iwerydd yn codi'n fryniau o ddŵr cyn chwalu ar y traeth. Gan fod nerth ambell don annisgwyl yn ddigon i'n taflu, mae'n braf gweld bod gwylwyr diogelwch yn eistedd ar eu cadeiriau uchel yn cadw llygad ar bawb a phopeth. Traeth Salgados yw'r un agosaf aton ni, ac mae'n un gwych iawn. Cyfuniad o greigiau garw a chlogwyni, a lleuad melyn o dywod. Mae'n debyg i lawer o draethau Llŷn, sir Benfro a Phenrhyn Gŵyr, a dweud y gwir. Mae'n od sut mae cymaint o bethau ar ein gwyliau yn ein hatgoffa o'n gwlad ein hunain.

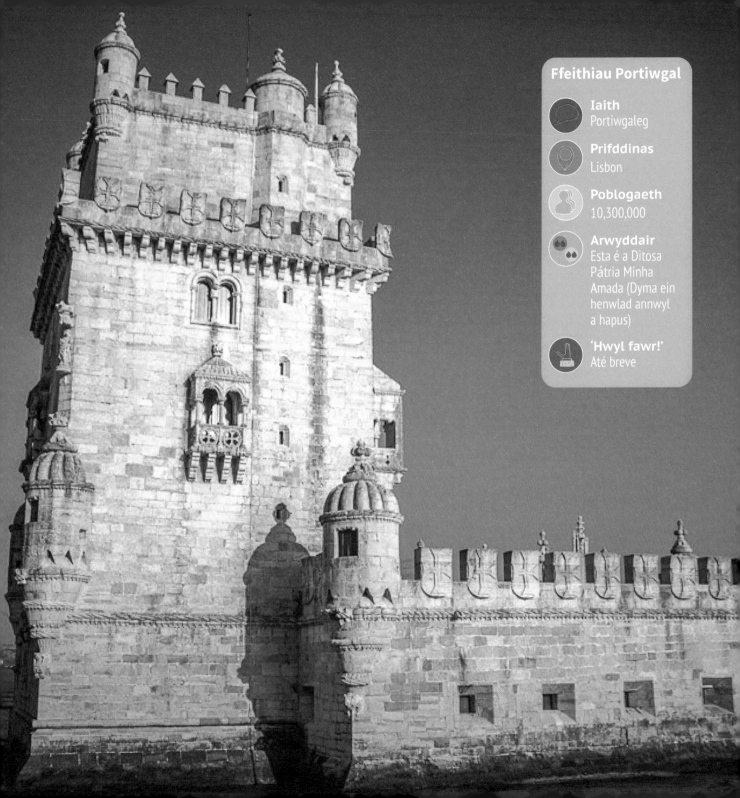

Ond wrth gwrs, dydan ni ddim mor bell â hynny o Gymru ar hyd llwybrau'r môr. Rydan ni wedi clywed am yr hen Geltiaid yn dod i fyny o'r Môr Canoldir, ar hyd glannau Portiwgal, Galisia a Gwlad y Basg; wedyn heibio penrhynnau Llydaw a Chernyw nes cyrraedd Iwerddon a Chymru. Fe welsom ddyn yn yfed gwin ar sgwâr y pentref – roedd yr un ffunud â chi, Tad-cu!

Pan ddaethom i ardal Lisbon, dyma fynd i weld y Padrão dos Dexcobrimentos, ar lan aber afon Tagus. Mae hwnnw'n anferth o gerflun carreg ar ffurf hanner blaen llong hwyliau, ac yn coffáu anturiaethwyr Portiwgal fentrodd dros y moroedd i bedwar ban byd ganrifoedd yn ôl. Mae'n rhaid bod yr heli yn y gwaed yn gryf iawn ar hyd y glannau yma. Y tu mewn, mae arddangosfa ddifyr a ffilm am Lisbon a chyfle i ddringo i'r top i gael golygfa nyth y frân o'r afon a'r ddinas. Fuon ni hefyd yn Nhwr Belém ar lan yr un afon, a rhyfeddu at ei grandrwydd. Yn Lisbon hefyd y gwelson ni'r casgliad o fywyd môr gorau erioed yn yr Oceanarium.

Daeth ein hanturiaethau ninnau i ben am y tro. Y daith adref o'n blaenau, ond y gân yn llenwi'n calonnau! Byddwn yn ein holau'n fuan!

> O, rwy'n mynd 'nôl i Draeth Salgados,
> Mae'r tonnau'n ein tynnu'n ôl i'r lle.
> O rwy'n mynd 'nôl i Draeth Salgados
> Canys yno mae fy seithfed ne'.

Ate brefe, Gruff a Gwen

Nifer o ddilynwyr: 1155

Gwcw mêt Gwen
Y môr a'r traethau yn swnio'n wych – gystal â chreigiau Aberdaron a'r tonnau gwyllt efallai?

Draig mêt Gruff
Cau giatiau am ddeg! Ydyn nhw'n deall fod rhai pobl ar eu gwyliau!

Taid
Dwi'n cofio dweud wrth eich Nain, "Argol, edrych ar y ci hyll yma sy' gan hwn" pan ddaeth dyn a chi ar y trên yn Llundain unwaith. A dyma fo'n gofyn i mi, "Pwy ydach chi'n meddwl wnaiff ennill y Gadair yr wythnos nesaf?"

Dyma ni'n gorffen yr haf yn y ffordd arferol – gyda Taid a Nain yn eu carafán nhw yn Aberdaron. Dydi Mam a Dad na'r un Gloff ddim yma. Mae hi'n Ŵyl Pen Draw'r Byd ac mae llond y gwersylloedd yma o deuluoedd Cymraeg o bob cwr. Mae grwpiau'n canu ar y traeth y pnawn yma. Clywodd Twm Tŷ Gwyn sydd yn y garafán drws nesa rhywun o Runcorn yn dod yn ôl i'r gwersyll gyda'i bapur newydd yn siomedig ac yn dweud wrth ei wraig: *"No point going to the village today – the locals have taken over."* A choeliwch chi byth – y teulu yn y Range Rover efo'r bwldog ar y fferi oedden nhw!

Mae hon yn ŵyl wych, wrth gwrs, ac mae'n braf gweld cymaint o ffrindiau a chlywed hanes eu gwyliau nhw. Roedd Gethin Glasgoed wedi aros noson yn eu camper-fan ym maes parcio un o'r gwasanaethau ar draffordd M6. Rhyw dro yng nghanol y nos roedd ei dad wedi deffro wrth glywed rhywun yn gwag-gyfogi ac ochneidio y tu allan. Pan aeth yno, gwelodd mai lleidr petrol oedd yn creu'r ffasiwn sŵn – roedd yn swp sâl, ar ei liniau ar lawr. Roedd wedi rhoi peipen dwyn petrol yn nhanc y camper-fan ac wedi dechrau sugno – ond yn anffodus iddo, nid yn y tanc petrol yr oedd pen arall y beipen ond yn y tanc pi-pi!

Roedd gan Siân Goronwy stori bi-pi hefyd. Roedd y teulu ar draeth tawel ar lan llyn yng nghanol Ffrainc ac roedd ei chwaer fach hi, Buddug, yn chwarae yn y dŵr bas. Roedd y rhieni'n torheulo gerllaw, a toc dyma Buddug yn gweiddi, "Mam dwi isio pi-pi!" Gyda'i gilydd, fel parti llefaru, dyma Mam a Dad yn gweiddi, gan feddwl na fyddai neb y neu deall, "Pisa yn y llyn!" A wir, dyma'r bobl eraill oedd gerllaw yn troi a galw, "Jiw! O ba ran o'r Gogledd y'ch chi'n dod 'te?"

Roedd Siân yn dweud bod ei thad wedi bod yn meddwl wedyn, ai oherwydd eu hacen roedden nhw'n gwybod eu bod nhw'n dod o'r gogledd, neu ai oherwydd eu bod nhw'n meddwl bod pawb yn y gogledd yn pi-pi mewn llynnoedd!

Dyna ddigon am hynny! Yr hyn sy'n braf am Aberdaron ydi cerdded i lawr i'r pentref a siarad

Ffeithiau Aberdaron

Iaith
Cymraeg

Pentref
Aberdaron

Poblogaeth
965

Arwyddair
Aberdaron dirion
deg (Pobman arall
– cau dy geg)

Prif atyniadau
Gwersylloedd da,
bwyd lleol,
arfordir gwych

Cymraeg ym mhob siop – nôl bara o'r becws to gwellt, nôl cig i'r barbaciw o'r siop dros ffordd, nôl papur a fferins o'r siop dros y bont a hufen iâ ar y ffordd yn ôl o'r caban wrth y Gegin Fawr. Wedi siarad cymaint o wahanol ieithoedd yn Ewrop, mae'n wych cael mwynhau hen iaith ein mamau!

Ond be wnewch chi o hyn? Pwy oedd yn gwerthu mecryll ar y traeth ar ôl y Ras Fecryll ond dyn ofnadwy o debyg i'r pibydd barfog, heulog o Gernyw yn y Tŷ Gwerin. Roedd yna ferch hynod o debyg i honno oedd yn tynnu ni i ddawnsio yn Llydaw yn beirniadu'r wisg ffansi ac yn gwneud lol efo'r plant ar y traeth (ac efo'u tadau nhw!). Gesiwch pwy oedd yn cario lemonêd inni ar y teras o flaen y gwesty – neb llai na'r Basgiad blewog!

Ydach chi'n cofio ni'n sôn am y llun o faer tref Hamelin? – mae'n edrych fel brawd i'r dyn hel tocynnau yn y maes parcio wrth draeth Aberdaron. A'r actor bychan a'r cleddyf trwm yn yr Alban – welson ni hwnnw yn cario hambwrdd o fara i siop y becws. Roedd hwn yn dioddef efo'i gefn hefyd! Y ferch yn y Parc Lego – welson ni hi ar y bont efo criw o blant oedd yn ei galw yn 'Nain'. Dyn blewog y sauna – mae o'n ffrind i'r plant wa-Bala 'dan ni wedi'u cyfarfod eto. Welson ni gychwr Dingle ger y traeth, fysen ni'n taeru, a'r ddynes hufen iâ o'r Eidal ydi perchennog y gwersyll!

Pan fydd y crwydro drosodd,
Ar ôl y gwyliau haf,
Dod adref at hen ffrindiau
Ym Mhen Draw'r Byd sy'n braf.
Cael carafán a chanu
A'r cwmni fel un côr
Wrth greigiau Aberdaron
A thonnau gwyllt y môr.

Diolch yn fawr!
Gruff a Gwen

Nifer o ddilynwyr: 1268

Angel mêt Gwen
Does dim rhaid ichi fynd i ben draw'r byd i weld y byd, ond mae Cymru'n lle gwell ar ôl ichi fod.

Gwil mêt Gruff
Dwi wedi blino ddim ond yn darllen y blogiau yma. Gwyliau dach chi'n galw hyn i gyd?

Tad-cu
Braf eich cael chi'n ôl gartref! Ie, yn bendant – shir Benfro amdani yr haf nesaf!

Diolch am y gwyliau haf, Dad a Mam – mi gawsom amser gwych yn gweld y gwledydd. Rhaid i chithau gael carafán at y flwyddyn nesaf, Tad-cu a Mam-gu – gawn ni ddod am wyliau i sir Benfro gyda chi wedyn!